온후 판타지 장편소설
WISHBOOKS FANTASY STORY

전장의 화신

전장의 화신 3

온후 판타지 장편소설

초판 1쇄 찍은 날 | 2017년 4월 7일
초판 1쇄 펴낸 날 | 2017년 4월 14일

지은이 | 온후
펴낸이 | 예경원

기획 | 위시북스
편집책임 | 박우진
편집 | 이즈플러스

펴낸곳 | 예원북스
등록번호 | 제396-2012-000132호
등록일자 | 2012. 7. 25
KFN | 제1-090호

주소 | 경기도 고양시 일산동구 호수로 646-24 위너스21 II 빌딩 206A호 (우)10401
전화 | 031-819-9431 팩스 | 031-817-9432
E-mail | yewonbooks@naver.com

ⓒ온후, 2017

ISBN 979-11-6098-183-4 04810
      979-11-6098-099-8 (set)

온후 판타지 장편소설

WISHBOOKS FANTASY STORY

전장의 화신

3

전장의
화신

CONTENTS

13장
무한의 전장

키에에엑!

멀리서 다가오는 고블린 무리가 괴성을 내질렀다.

고블린은 최하급의 괴물로 가장 밑바닥에 서식하는 먹이에 지나지 않는다.

무영 혼자서도 100마리 정도는 충분히 해치울 수 있었다.

하지만 무영은 고블린을 잡을 때에도 최선을 다한다.

즉시 모든 언데드를 소집해 다가오는 고블린을 베었다.

"시체를 최대한 온전히 남겨라."

무한의 전장은 이름처럼 괴물들이 무한히 등장하는 곳이다. 많이 막아낼수록 난이도가 올라가며 적절한 때에 끊지 못하면 허무하게 죽을 수도 있었다.

치고 빠지기를 잘해야 한다는 뜻인데 무영은 과연 자신이 어디까지 갈 수 있을지 궁금했다.

'내겐 육도와 죽음의 예술 스킬이 있다.'

육도, 아수라도는 광란하는 망령을 다루는 스킬이다.

다룰 수 있는 숫자는 많지 않지만 죽음의 예술 스킬과 연계해서 사용하면 훨씬 강력한 힘을 발휘한다.

무영은 괴물이 소환될 때마다 언데드를 만들어서 다음 물결에 대비할 작정이었다.

이 자체만으로도 무한의 전장은 무영에게 특화된 장소라는 걸 알 수 있었다.

"명을, 따릅니다."

촤아악!

화염의 창병을 비롯한 모든 언데드가 고블린을 학살했다.

"한 마리는 남겨둬라."

고작 고블린 100마리. 식후 운동거리쯤 되었다.

시체를 최대한 온전히 하라는 명령 탓에 조금 더 걸리긴 했지만 20분이 지나지 않아서 대부분의 고블린이 바닥에 누웠다.

키엑! 키에엑!

무영은 살아남은 마지막 고블린의 팔과 다리를 잘랐다.

이후 약으로 빠르게 지혈하고 바닥에 던져 두었다.

고문을 좋아하는 편은 아니지만 필요에 의한 일이었다.

'꼼수.'

다음 물결은 모든 괴물이 제압되거나 하루가 지나면 진행된다. 마지막 괴물 한 마리를 살려두는 건 무한의 전장을 공략하는 방법 중 하나였다.

무엇보다 무영이 하루에 만들 수 있는 언데드의 숫자는 많지 않다. C등급 죽음의 예술은 최대로 사용해 봐야 100번이 한계였다.

이후 못해도 하루는 쉬어줄 필요가 있었다.

무영은 나머지 99마리의 괴물을 언데드로 만들곤 잠시 바닥에 앉았다.

'열 번째 물결을 기준으로 괴물들이 대폭 강화되지.'

정확히 말해서 무영은 무한의 전장을 들어와 본 적이 없었다.

그래도 무한의 전장으로 들어오는 매개체는 모두 다르게 생겼으며 한 번 들어갔다 나오면 다시 못 들어간다는 정도는 알고 있었다.

'못해도 열 번째 물결은 돌파해야 좋은 보상이 주어진다.'

5년 뒤, 대혼돈이 예언되고 거대 집단들이 무거운 엉덩이를 들어 올린다.

본격적인 탐색이 시작되며 미지의 영역을 탐색하게 되는데 그러고도 한참이 흐른 뒤에야 무한의 전장을 발견했다. 그리고 그들은 정보를 철저히 은폐하며 보상을 독식했다.

나중에야 보통 사람들도 알게 되었지만 이미 '한정 보상'

같은 건 싹 쓸어가 버린 뒤였다.

그래서 정보가 중요하다.

아는 건 힘이고 모르는 건 죄다.

'운이 좋았군.'

피식 웃었다.

의도치 않았다. 불타르를 도와서 그들의 호의를 얻을 생각 뿐이었다.

설마 예상하지도 못한 무한의 전장에 입장하게 될 줄이야.

그러나 기회는 한 번.

그 구슬을 이용해 다시 무한의 전장으로 들어올 순 없다.

이번 기회를 최대한 살릴 필요가 있었다.

"땅을 파서 함정을 만들어야 한다. 바위를 끌고 와서 어벤 져가 은신할 장소를 구해라."

지시를 내리자 언데드들이 일사분란하게 움직였다.

그다음 무영은 자리에 앉아서 최대한 몸을 진정시켰다. 죽 음의 예술 스킬을 한계까지 사용한 덕분에 탈진 직전의 상태 였다.

'천천히. 최대한 멀리 간다.'

무영에게 극도로 유리한 전장이었다.

괜히 무리해서 위험을 자처하는 건 멍청한 짓이다.

무영은 열 단계, 그 이상을 바라봤다.

다섯 번째 물결은 회색 피부를 가진 '오크'였다.

오크는 하급 마수지만 힘이 강하다. 포악하며 사나운 데다 무리까지 짓는다. 적어도 마계에 들어온 지 1년 이상이 되지 않았으면 상대하기 까다로운 괴물이다.

크룩! 크루룩!

하지만 오크들은 등장한 즉시 당황할 수밖에 없었다.

그들을 맞이한, 족히 몇 배는 되어 보이는 숫자의 언데드가 주변을 감싸고 있었기 때문이다.

"공격해라."

무영은 숫자로 찍어 눌렀다.

물결이 시작되는 장소에서 대기하며 오크들이 전열을 가다듬기 전에 끝장을 냈다.

300마리가 훌쩍 넘는 언데드가 마침내 400을 넘어섰다.

'슬슬 숫자가 줄어드는군.'

무영은 오크들을 몰살시킨 뒤 남은 숫자를 세어보았다.

전체적인 숫자는 늘었지만 전처럼 마구 불어나진 못했다. 오크를 상대하며 꽤 많은 언데드가 소모된 탓이다.

'그래도 사악한 허리띠의 효과가 괜찮군.'

무영은 뼈로 만들어진 허리띠를 툭툭 두드렸다.

사악한 허리띠가 가진 효과 중에는 '언데드 5% 강화'가 있었다.

'고작'이라고 할 수도 있겠으나 퍼센트로 무언가를 올려주는 장비는 극도로 희귀하다.

5% 강화는 그중에서도 나름 상급이라 할 수 있었다.

100마리가 105마리의 힘을 갖게 해주는 것이다.

단순 계산이긴 하지만 400마리가 넘은 지금은 20마리의 언데드를 공짜로 얻은 것과 마찬가지였다.

숫자가 불어날수록, 강해질수록 5%의 효과가 빛을 발한다. 게다가 이런 종류의 장비가 어디 하나뿐이겠나.

만약 본 드래곤이나 데스 나이트, 오버리치와 같은 최상급 종의 언데드를 얻을 수만 있다면…….

무영은 거기까지 생각하곤 고개를 끄덕였다.

'갈 길이 멀다.'

지금의 무영은 결코 강자라고 할 수 없다.

강해져야 한다. 힘이라는 갈증이 채워지지 않았다.

무영이 상대할 건 괴물이다.

괴물을 죽이려면 괴물이 되라고 했다.

그래서 무영은 괴물이 되려 한다.

"시체를 치우고 정비해라."

아홉 번째 물결은 가고일이었다.

가고일은 공중형 괴물.

피해가 상당했고 600마리를 넘겼던 언데드가 순식간에 450마리 정도로 줄어버렸다.

'열 번째 물결은 보스다.'

보스라고 칭해지는 괴물들은 한결같이 강력하다.

솔직히 무영 혼자였다면 일고여덟 번째 물결을 마지막으로 항복을 외쳤을 것이다.

하지만 수백의 언데드가 있기에 보스전도 해볼 만하다고 자신했다.

"뼈를 모아라."

무영은 여태껏 죽은 괴물들의 뼈를 한곳에 모았다.

산처럼 수북이 쌓인 뼈를 바라보며 무영이 손짓했다. 곧 죽음의 예술 스킬이 사용됐고 검은 기류가 뼈들을 감쌌다.

'골렘을 만들자.'

죽음의 예술의 랭크가 낮았을 땐 직접 조각해야 했다.

하지만 지금은 이미지를 그리는 것만으로도 자연스럽게 형체가 갖춰진다.

곧 뼈들이 알아서 조립되며 한 가지 형상을 만들었다.

〈본 골렘의 품격!〉

〈온갖 괴물의 뼈로 골렘을 조합했습니다.〉

〈예술 점수 66점〉

이름: 본 골렘

레벨: 76

성향: 본 골렘

힘 88

민첩 45

체력 90

지능 15

지혜 15

정말 무식하기 짝이 없는 골렘의 탄생이었다.

무영은 나름 만족했다.

원하는 형태로 잘 만들어졌다.

70점이 넘기를 기대하긴 했으나 역시 재료와 형상만으로는 쉽게 돌파할 수 없는 점수였다.

'특이한 경우가 아니고선 보스는 보통 정해져 있지. 오크 대전사나 트롤 워치가 나올 가능성이 높다.'

오크 대전사와 트롤 워치를 상대하려면 이런 골렘이 하나쯤은 있어야 했다.

단순 힘겨루기와 시간 끌기를 위해서라도 말이다.

'검은 태양 전사와 함께 보스를 제압한다.'

무영은 고개를 돌려 검은색의 전신 갑주를 입은 데스 워리어를 바라봤다.

검은 태양 전사는 혼자서 일당백의 역할을 톡톡히 하고 있었다.

현재 무영이 가진 가장 강력한 패.

뇌전술사의 룬 버프와 사악한 허리띠로 강화되어 한층 더 강한 힘을 발휘할 수 있었다.

어지간한 중급의 괴물은 명함도 못 내밀 터.

〈열 번째 물결〉
〈특이점이 발생했습니다.〉
〈'검붉은 오크 대전사'가 검붉은 오크 100마리와 함께 출현했습니다.〉

하루가 지나자 다음 물결이 시작됐다.

오크 대전사!

전신이 검붉었고 다른 오크보다 1.5배는 컸다. 거대한 대검을 들었으며 곰 가죽을 얼굴에 뒤집어쓰고 있었다.

'검붉은 오크 대전사?'

일반적인 오크가 아니었다. '검붉은'이란 수식어가 붙은 걸로 보아 한층 더 강한 무리였다.

특이점이 무엇인지는 모르겠지만 상정한 상황과는 거리가 좀 있었다.

무영은 이맛살을 구기며 명령을 내렸다.

"본 골렘, 나서라. 나머지는 주변의 오크들을 제압해라."

하지만 넋 놓고 가만히 있을 수도 없는 노릇.

무영은 비탄을 뽑아 들고 450기의 언데드와 함께 검붉은 오크 대전사를 맞이했다.

본 골렘이 박살 났다.

검은 태양 전사가 위태롭게 오크 대전사를 막아서고 있었다.

생각보다 저항이 거셌다.

'질 정도는 아니다.'

하지만 무영은 냉정하게 상황을 판단했다.

비록 예상보다 피해가 크긴 하겠으나 패배할 수준은 아니다. 충분히 대처 가능한 범위였다.

"뇌전술사, 룬 폭주를 사용해라."

이어 수십여 기의 언데드가 전신을 부풀리며 폭주했다.

무영은 거기에 '망령'을 집어넣었다.

아수라도.

미친 망령들과 폭주는 기가 막힌 조화를 이뤘다.

하급 언데드가 곧장 중급 수준으로 돌변할 정도였다.

물론 한 번 사용하면 몸 전체가 버티질 못해서 중요한 언데드에겐 사용할 수 없다는 단점 아닌 단점이 있으나 지금은 전력을 끌어올린 것만으로도 충분했다.

촤악!

절반의 언데드를 잃고 마침내 무영이 검붉은 오크 대전사의 머리에 비탄을 꽂아 넣었다.

그 즉시 검은 태양 전사가 옆구리를 찔렀다.

털썩!

검붉은 오크 대전사가 바닥에 눕자 그 위로 검은색 빛 하나가 떠올랐다.

'이것은?'

무영이 손을 뻗어 그 빛을 쥐었다.

〈'검붉은 오크 대전사'의 망령이 아수라도 지배에 큰 도움을 줍니다.〉

〈정복율: 0.7%〉

과연, 검은색 빛은 망령이었다.

이런 식으로 특이한 괴물을 잡으면 망령으로 추가할 수 있는 모양. 정복율은 형편없었으나 꾸준히 오르고 있다는 게 중요했다.

"당신은 누군가요?"

그때 바로 옆에서 들려온 목소리에 무영이 한 발자국 물러났다.

'요정.'

작은 체구와 두 쌍의 잠자리 날개. 귀여운 외모가 영락없는 요정이었다.

"아직 인간이 발을 들일 시기가 아니에요. 여기까지 하세요."

"너는 누구냐?"

"나는 무한의 전장을 담당하는 요정이에요. 이곳에서 나는 무적이니까 적대적인 자세를 취하지 않는 게 좋을 거예요. 그리고."

요정이 헛기침을 내뱉었다.

"아직 무한의 전장은 조율이 끝나지 않았어요. 괴물을 대상으로 시험하고 있었는데 대체 어떻게 들어온 거람?"

그러곤 고개를 갸웃했다.

하긴 불타르 등이 무한의 전장으로 향하는 구슬을 갖고 있는 게 이상하다고는 생각했다.

'전사의 시험'으로 치장되긴 했으나 그들도 구슬에 대해선 정확히 모르는 모습이지 않았던가.

불타르와 같은 괴물을 대상으로 난이도 따위를 조정하고 있었나 보다.

인류가 대략 10년 뒤에야 무한의 전장에 발을 들일 수 있었던 이유였다.

하지만 무영도 무한의 전장을 담당하는 요정이 있단 얘기는 들어본 적이 없었다.

요정이 허리에 손을 얹고 이어서 말했다.

"지금 나가겠다면 좋은 목걸이를 하나 줄게요. 어디 보자……."

주머니 속을 뒤지며 몇 개의 물건을 꺼내고 넣기를 반복했다.

무한의 주머니인 듯 계속해서 여러 개가 나왔다. 그중에는 한정 보상도 있었고 평범한 장비도 있었다.

요정은 대개 맹한 구석이 있었다. 눈앞의 요정도 마찬가지였다.

"이거예요!"

"필요 없다."

그리고 무영은 요정이 목걸이 하나를 꺼내자마자 고개를 내저었다.

요정이 입을 쭉 내밀었다.

"에, 왜요. 이거 엄청 좋은 건데요. B++등급에다가 세트 장비인데……. 검붉은 오크 대전사를 이길 줄은 몰랐어요. 그래서 특별히 주는 건데 받으시죠? 어차피 지금 인간의 상태로는 여기까지가 한계예요."

"리틀 위시를 얻으려면 물결을 몇 번 더 막아야 되지?"

요정이 화들짝 놀라며 눈을 부릅떴다.

하지만 무영은 방금 전 요정이 주머니에서 물건을 마구 꺼낼 때 얼핏 보았다.

구름 모양의 그것을!

리틀 위시.

세 번, 작은 소원을 들어준다.

물론 질서를 바꾸는 거대한 소원은 안 된다.

하지만 무언가를 찾거나 진실과 거짓을 가리거나 급할 때 체력을 회복하는 용도로 사용할 수 있는 등 범용성이 넓었다.

'위시에는 한참 못 미치지만 쓰기에 따라서 충분한 값어치가 있다.'

리틀 위시는 최고 권능 중 하나인 위시의 열화판 같은 것이다.

과거, 그러니까 무영이 소환되기 30년 전, 사람들이 마계로 소환되고 마지막 영토 전쟁을 벌일 때의 일이었다.

성녀라고 추앙받던 여인 중 한 명이 자신의 목숨을 매개체로 위시를 사용한 전례가 있었다.

그야말로 신의 축복과 같았으며 마왕 둘을 격살할 정도로 강력한 힘을 선보였다.

수만의 악마병을 데려가고 인간 진영에 작은 승리를 선사한 최강의 권능.

이후 성녀는 그 이름 자체로 힘을 가지게 됐다.

후대 성녀는 아직 나타나지 않았고 앞으로 5년 뒤 대혼돈의 예언과 함께 '스노우'가 나타나 사람들을 규합하지만 64좌의 마신 하우레스를 따르는 마왕군단의 출현과 함께 죽는다.

무영은 그 장면을 바로 앞에서 봤다.

'마왕군단이 죽이지 않았다면 성녀는 내가 죽였을 것이다.'

그것이 무영이 맡은 임무였다.

성녀를 죽일 것!

그러나 성녀 스노우는 전대 성녀와 달리 최강의 권능인 위시를 사용할 수 없었다.

위시를 사용했다면 마왕군단 하나쯤은 가볍게 쓸어버렸으리라.

이유는 모른다.

스노우가 인간이 아니어서 그런 것이란 소문만 돌았다.

스노우는 눈처럼 새하얀 피부와 천사와 악마의 날개를 함께 가지고 있는 변종이었다. 어디서 태어나고 어디서 나타난 것인지…… 아무도 알지 못했다.

무영도 그건 마찬가지였다.

'리틀 위시라면 스노우가 누구인지 알아낼 수 있을지도 모르지.'

위시의 열화판이라지만 리틀 위시는 그 나름대로 대단한 도구다. 수만의 성직자가 달라붙어 5년 이상 수행해서 겨우 하나를 만들어낼 정도니까.

들어간 수고에 비해 그렇게까지 좋지는 않아서 3개쯤 만들고 만 걸로 안다.

그중 하나를 여기서 보게 될 줄은 전혀 몰랐다.

누구도 알아내지 못한 스노우의 정체도 리틀 위시라면 밝혀낼 수 있을지 모른다.

당황한 표정을 지운 요정이 볼을 긁으며 말했다.

"어흠흠, 이건 특수 보상인데요."

"특수 보상?"

"조건은 알려줄 수 없어요. 왜냐하면 그냥 알려주는 건 안 되거든요. 그럼 내가 벌을 받아요. 내가 그냥 줄 수 있는 건 아까 그 목걸이가 한계예요."

"그럼 그냥 안 알려주면 되겠군. 바라는 게 있나?"

리틀 위시는 쓰임새가 많았다.

헤들리의 소를 찾을 수도 있을 테고 S등급 무기인 디아블로스의 봉인을 풀기 위한 나머지 두 반지의 정확한 행방 역시 알아낼 수 있을 터.

미치광이 군주의 반지, 오리스의 신좌, 하멜의 룬 반지 중 하나는 찾았지만 헤들리의 소와 마찬가지로 나머지 두 반지의 행방도 확실하게 알고 있지는 못했다.

그러니 어떠한 보상보다도 중요하다.

무영이 묻자 요정이 장난스럽게 웃었다.

"우히히, 내 이름을 맞추면 알려줄지도 몰라요."

무영은 미간을 구겼다.

요정은 원래부터가 장난기가 많은 종족이다. 그 외엔 전혀 알려진 게 없는 미지의 종족이기도 했다.

하지만 제법 단순하다는 사실은 몇 마디 나눈 것만으로도 알 것 같았다.

'최대한 말을 많이 걸어야겠군.'

무영은 어깨를 으쓱했다.

당장 없어질 기미는 보이지 않으니 이야기를 하다 보면 저도 모르게 이름을 뱉어낼지도 모르는 일이었다.

"요정인 네가 무한의 전장을 관리하는 이유가 뭐지?"

"이런, 시련은 처음 들어와 봤어요? 요정이 만든 곳이 꽤 될 텐데."

"거의 들어와 본 기억이 없다."

사실이었다.

무영은 살수 수업을 받은 뒤 죽기 직전까지 누군가를 암살하고 다녔으므로 시련에 들어가 그것을 돌파할 시간이 전혀 없었다.

요정이 콧대를 높였다.

"하긴 엄청 약해 보이는 인간이네요. 내가 그럼 특별히 설명해 줄게요. 시련을 성공적으로 만들고 관리하면 나는 집을 얻을 수 있어요!"

"집을? 고작 그게 다인가?"

"고작 그게 다라뇨? 우리 요정은 모두 집이 없어요. 다들 거지예요. 그런데 집이 많으면 요정들은 성도 만들 수 있고요, 다리도 놓아서 세상도 만들 수 있어요. 그런데 우리 요정은 지금 아무것도 없어요."

갈 곳 없는 처지를 말하는 듯싶었다.

요정은 어깨를 축 늘어뜨리고 입술을 쭉 내밀었다.

"새로 태어난 요정왕이 계신데 우리가 거지라서 지금 그분이 갈 곳이 없어요. 우리 요정들은 열심히 일해서 빨리 집을 얻어야 해요. 솔로몬이 우리 요정이 시련을 잘 만들고 잘 관리하면 집을 주겠다고 약속했어요. 거지 탈출이에요."

무슨 말인지 잘 이해는 안 됐지만 하여간 요정이 필사적인 건 알겠다.

아마도 무영이 요정에 관한 이야기를 듣지 못한 건 시련을 제대로 만들고 관리해서 집을 얻었기 때문이 아닌가 싶었다.

지금은 균형을 조절하고자 괴물들을 이용해 무한의 전장을 구성하는 중인 것이었다.

'그렇다면 대부분 시련은 요정이 만든 것이겠군.'

어쩐지 인간의 육성을 위해서라고 하지만 너무 엄격한 시련이 많다고 생각했다.

장난기 많은 요정이 만들었다면 충분히 이해가 된다.

"솔로몬은 죽었다. 살아 있어야 집을 얻을 수 있는 것 아닌가?"

"상관없어요. 이미 도장 찍고 사인했어요. 사후에도 우리 요정이 약속만 지키면 받아낼 수 있어요. 우리 요정은 거지라서 잃을 게 없어서 더 악독하게 받아낼 거예요."

"대단하군."

"우히히."

아무래도 칭찬에 약한 것 같았다.

무영은 무한의 전장을 둘러보며 말했다.

"잘 만들어진 곳이다. 곧 집도 얻을 수 있을 거다."

"그럼요. 꼭 집을 얻어서 거지 탈출할 거예요."

의지가 절절하게 느껴졌다.

"집의 이름은 뭐라고 붙일 거지?"

잠시 상상의 나래를 펼치던 요정이 헤벌쭉 웃었다.

"우히…… 허흠, 그런 유도신문에는 안 걸려요."

하지만 순식간에 정색했다.

무영은 아쉬움에 혀를 찼다.

'이런 식으로 대화를 계속 유도할 수밖에 없다.'

그래도 요정은 당할 뻔했다고 생각해서 볼을 부풀릴지언정 떠나려고 하지는 않았다.

요정도 무영에게 궁금한 게 있는 모양이었다.

"그런데 정말 다음 물결도 도전할 거예요? 아직 균형 조정을 제대로 안 해놔서 죽을지도 몰라요."

"할 거다."

불타르는 10단계까지만 막으면 된다고 했다.

하지만 무영은 최소 15단계 이상은 갈 생각이었다.

15단계부터 보상이 달라진다. 그사이 특수 보상의 조건도 알아낼 셈이었다.

"언데드가 많다고 해도 안 되는 구간도 있을 텐데…….흠, 잘해봐요. 어리석은 인간이 죽는 걸 지켜보는 것도 꽤 재미 있으니까요."

"악취미로군."

"우히히."

〈13번째 물결 - 웨어울프 120마리〉
〈아크 고블린 5마리가 섞여서 나옵니다.〉
〈제한 대기 시간이 반으로 줄어듭니다.〉

무영은 미간을 좁혔다.

고작 12시간이 지난 무렵, 다음 물결이 느닷없이 시작됐다.

'균형 조정이 끝나지 않았다고 했지.'

무한의 전장은 아직 매끄럽지 않다. 기억과는 분명히 다를 수 있었다.

물결이 시작되며 나타난 괴물도 만만치 않았다.

웨어울프는 민첩하고 빠르다. 어지간한 언데드는 움직임

을 잡을 수조차 없다.

하물며 아크 고블린은 '신성의 축복' 아래에 태어난 변종 이다.

"일어나라."

파드득.

쿠르륵.

무영은 모든 언데드를 깨웠다.

총합 312마리.

열 번째 물결 때 절반을 잃은 게 너무 뼈아팠다.

하나, 마냥 비관적인 것만은 아니었다.

'검붉은 오크 대전사.'

무영은 선두에서 대검을 휘두르며 웨어울프를 상대 중인 검붉은 오크 대전사를 바라봤다.

검붉은 오크 대전사가 받은 예술 점수는 68점.

점수가 낮아서인지 만들어진 내용 자체는 검은 태양 전사 에 비해 별게 없었지만 박력만큼은 누구 못지않았다.

"화염의 창병, 너는 나와 함께 아크 고블린을 잡는다."

"알겠, 습니다."

신성의 축복을 받은 아크 고블린은 언데드의 천적이다.

그나마 무영과 생시인 화염의 창병만이 조금 더 자유로우 리라 보았다.

알비노처럼 새하얀 고블린 다섯 마리가 웨어울프 사이에

껴 있었다.

무영은 숨을 크게 들이쉬며 미치광이 군주의 세트를 입고 비탄을 휘둘렀다.

화악!

13번째, 14번째, 마침내 15번째 물결까지 넘겼다.

하지만 승승장구하는 것과 달리 상황이 좋지 못했다.

보유 언데드는 이제 200가량.

이러다간 무영이 만든 주요 언데드마저 모두 없어지게 생겼다.

원인은 분명하다.

'아크 고블린.'

신성 축복을 받은 아크 고블린은 죽음의 예술 스킬이 통하지 않는다. 언데드가 되지 않으니 전력에 보탬이 안 된다.

상극이기까지 하니 힘에 겨울 수밖에.

한데 단계를 밟아갈수록 그 숫자가 많아지고 있었다.

"와! 15번째 물결을 막았어요? 정말 대단해요. 아무리 언데드를 부린다지만 굉장히 힘들었을 텐데 말이에요."

요정은 무영의 주변을 노닐며 계속해서 무영이 싸우는 모습을 지켜보고 있었다.

'아크 고블린을 내가 견제하지 않았다면 여기까지였겠지.'

무영은 자신이 할 일을 정확하게 꿰뚫고 있었다.

가장 효율적으로 적을 처리하는 방법은 자신이 나서서 아크 고블린을 치는 것이었다.

"혹시 물결의 대기 시간이 더 짧아질 수도 있는 건가?"

"우히히, 무한의 전장에 대한 사항은 알려드릴 수 없어요. 무서우면 여기서 그만두셔도 되는데요."

"조금은 더 할 수 있을 것 같군."

"그렇게 죽고 싶어요? 뭐, 나는 볼 게 많아져서 좋지만요."

무영은 피식 웃었다.

요정에게 악의는 느껴지지 않았다. 천성이 그런 것이었다.

'이름…… . 이름이라.'

그러다가 무영은 요정의 이름을 한번 추론해 보고자 했다. 지난 며칠간 요정과 대화를 나누며 몇 가지 후보를 세우긴 하였다.

난데없이 이름을 맞추라고 할 리는 없을 것이다.

대화를 통해서 자신의 이름을 맞출 수 있다고 생각해서 그런 문제를 냈겠지.

시련은 반드시 답이 있어야 한다.

그걸 요정이 만드는 거라면 지금까지의 대화 속에 분명히 답이 있다.

'설마…… .'

하지만 그렇게 추린 후보는 설마 싶은 것들뿐이었다.

그러나 대화에서 더 얻을 게 없었다. 여기가 승부처였다.

"우히. 아닌가?"

"뭐, 뭐가요?"

"네 이름."

요정이 눈을 부릅떴다.

"어어, 어떻게 알았대요?"

정답인 모양이었다.

무영은 어이가 없어서 고개를 내저었다.

"요정의 이름이 어려울 것 같지는 않았다. 요정은 자신의 이름을 누구에게도 안 알려준다고 전해지는데 그런 것치곤 행동이 허술하지. 평소에도 자신의 이름을 말하고 다니는데 굳이 다시 알려줄 필요가 없는 거라고 생각했다."

"맞아요. 내 이름은 우히예요. 내가 태어날 때 '우히!' 하고 웃어서 우히가 됐어요."

요정, 우히가 어깨를 축 늘어뜨렸다.

정말 단순하기 짝이 없는 이름 구분법이다.

무영은 덤덤하게 물었다.

"특수 보상의 조건이 뭐지?"

리틀 위시를 얻기 위한 조건을 들을 때가 됐다.

우히는 손가락으로 머리칼을 뱅뱅 돌리며 말했다.

"알아도 못할 걸요?"

"잔말 말고 말해라."

"힝, 죽기 직전의 상태로 쉬지 않고 3번 이상 물결을 막으면 돼요."

과연, 알아도 못한다는 말의 의미를 알겠다.

초반이라면 모를까 15단계까지 온 지금에 와서 저 조건을 충족하는 건 불가능한 일일 테다.

하지만…… 무영은 고개를 끄덕였다.

죽기 직전의 상태에서 무영은 더욱 강해질 수 있었다.

'광전사.'

미친 전사가 되어 전장을 휘젓는 것!

가능할지 모르겠지만 안 되도 되게 만들어야겠다.

죽기 직전의 상태로 쉬지 않고 3번 이상의 물결을 막으라.

그렇다면 죽기 직전의 상태가 된 순간부터 카운트가 시작될 것이다. 다음 물결이 시작되기 전에 그 상태가 되어야 온전히 3번 전부를 막는 셈.

특수 보상이니만큼 어중간한 기준을 뒀을 리는 없었다.

'자해.'

가장 먼저 떠오른 방법은 자해다.

신체에 관련된 부분이라면 무영은 전문가다. 죽지 않으면서도 그 직전의 상태로 만드는 건 어렵지 않은 일이었다.

살수 수업을 받을 때 정체가 발각될 것 같으면 자살하라는 강제적인 명령어도 머릿속에 심어져 있었다.

수많은 살수가 윙 청린이 심은 명령에 따라서 죽어 나갔다.

'거부감이 있군.'

그래서일까.

무영은 비탄을 팔목 가까이 대고 나선 짧게 고개를 내저었다.

내키지 않았다.

윙 청린과 대적자의 길을 걷기로 결정한 탓인지 그가 가한 모든 제약과 반대로 행하겠다는 본능적인 외침이 머릿속에서 경종을 울렸다.

하물며 이곳은 전장. 싸우기 위해서 만들어진 곳이었다.

스스로 몸을 해하는 건 자해가 아니라 자살행위에 가깝다.

"검은 태양 전사."

그래서 무영은 다른 답을 내었다.

어차피 죽기 직전의 상태로 향해야 한다면 조금이라도 건실한 방향을 택하기로.

전신에 검은 갑주를 입은 검은 태양 전사가 무영을 바라봤다. 무영이 갖고 있는 언데드 중에서도 가장 강력하며 생전에는 태양 길드의 최고 유망주였다.

감히 태양신 호루스의 이름을 부여받았던 전사이지 않던가. 무영에게 죽지 않았다면 더욱 빠른 속도로 강해졌으리라.

하지만 지금은 무영의 명령을 따르는 언데드일 따름이었다.

무영은 비탄을 쥐고 검은 태양 전사를 향해 겨누며 말했다.

"나를 죽일 작정으로 공격해라."

스컹!

일말의 망설임도 없다.

검은 태양 전사의 손에서 '어두운 태양의 검' 스킬이 발동됐다. 세상 모든 것을 베어버릴 듯 강렬한 기세로 무영에게 쏘아졌다.

호루스를 상대할 때보다 강해지긴 했지만 검은 태양 전사 역시도 강화된 상태.

콰창!

검을 맞댄 무영의 발이 스르르 밀려났다.

즉시 비탄을 역으로 쥐고 몸을 낮췄다. 이후 튕기듯 바닥을 밟고 검은 태양 전사의 복부를 노렸다.

쿠구궁!

검은 태양 전사의 전신에서 솟은 날개가 무영의 공격을 막았다.

하지만 무영도 막힐 걸 알고 있었다.

빛의 날개를 뚫고 검은 태양 전사의 검이 튀어나왔다.

무영은 바닥을 구른 뒤 재빨리 두 개의 단검을 연달아 던졌다.

하지만 단검은 마치 하나만 던진 듯이 보였다. 단검 두 개가 날아가는 행로가 정확히 일치했기에 가능한 일.

챙!

타앙!

가장 먼저 날아간 단검은 두 동강이 났지만 다른 단검은 갑주에 막혔다.

갑주만 없었어도 유효타를 날렸을 것이다.

옵션에서부터 '높은 방어력'을 괜히 지닌 게 아니다.

실제로 검붉은 오크 대전사를 상대할 때조차 타격은 거의 받지 않았다.

'나쁘지 않군.'

부리는 언데드와 전투를 치른 적은 없었다.

굳이 할 필요를 못 느껴서이기도 했고 괜히 언데드가 상하는 것보다 다른 사냥감을 잡는 게 훨씬 이득이라 생각해서다.

색다른 경험.

무영은 전투에 심취했다.

1:1의 대결은 꽤 오랜만이었다.

사실상 무영의 본업 자체가 1:1에 특화되어 있었으니 이제야 제대로 맞는 옷을 입은 것과 같았다.

'어디까지 막을 수 있나 보자.'

어차피 검은 태양 전사는 방어력이 높다. 어지간한 공격으로는 흠집도 낼 수 없었다. 검붉은 오크 대전사도 정작 제대로 된 타격은 못 주지 않았던가.

무영은 모든 기술을 쏟아부었다.

쾅! 촤르릉!

불꽃 튀는 싸움이 몇 시간이고 계속해서 이어졌다.

요정 우히는 검은 태양 전사와 무영의 싸움을 어이가 없다는 표정으로 바라보고 있었다.

"우음, 조건이 너무 어려워서 미친 걸까요?"

손가락으로 입술을 만지며 고개를 갸웃했다.

미친 걸로밖에는 보이지 않았다.

전력을 보존해도 모자랄 판국에 서로 싸우고 있다.

한 치의 양보도 없는 혈전. 둘 중 누가 죽어도 이상할 게 없었다.

하지만 이상한 일이었다.

싸우면 싸울수록 둘의 움직임은 더욱더 빨라졌다. 미묘한 차이였지만 수많은 괴물을 접한 우히는 알 수 있었다.

검을 한 번 맞댈 때마다 성장하고 있음을.

'그런데 언데드도 강해질 수 있던가?'

그러다가 이상을 깨닫고 우히가 눈을 깜빡거렸다.

인간인 무영이야 성장 가능성이 높다고 쳐도 언데드는 본래 죽은 자를 기준으로 만들어지는 괴물이다.

죽은 자는 성장하지 않는다.

마찬가지로 언데드는 만들어진 시점에서 성장을 멈춘다.

한데…… 저 검은 갑주를 입은 언데드는 무영과 부딪칠 때마다 무영보다 조금 느린 속도로 강해지고 있었다.

기술의 유연함 따위가 아니라 절대적인 기준치가 올라가는 중이었다.

"우히히히. 싸워라, 싸워라! 이기는 편 우히 편!"

그러나 고민은 이내 눈 녹듯이 사라졌다.

우히는 양팔과 양다리를 마구 놀리며 응원했다.

우히에게 긴 고민은 어울리지 않았다.

서로가 진심으로 죽이고자 싸운다.

단지 이 재밌는 장면만 볼 수 있으면 족했다.

얼마를 내리 싸웠을까.

무영의 전신이 걸레짝처럼 변했을 즈음 새로운 변화가 생겼다.

〈'검은 태양 전사'의 힘이 1 상승했습니다.〉
〈'검은 태양 전사'의 민첩이 1 상승했습니다.〉

싸움에 몰입하던 무영조차 잠시 멈칫하게 할 수밖에 없는 문구.

"멈춰라."

무영은 손을 들어 제지했다.

그러자 검은 태양 전사가 거짓말처럼 우뚝 섰다.

이어 무영은 미간을 좁혔다.

'성장했다?'

말도 안 된다. 성장하는 언데드가 없는 건 아니지만 정말 극도로 희귀하다.

뱀파이어와 같이 상대의 피를 흡수해 힘을 얻는 괴물이나 스펙터처럼 적군의 생명을 갈취해 영혼력을 높이는 종류만이 가능하다.

말 그대로 '탐식'을 가진 괴물들.

하지만 검은 태양 전사는 다르다. 단순히 무영과 부딪친 것만으로 강해졌다.

왜?

'다른 것들을 사냥할 땐 아니었다.'

그렇다. 원인이라면 무영과 싸웠다는 사실뿐이었다.

'내가 영향을 끼친 건가?'

확실한 사실의 확인을 위해 이번엔 대상을 옮겼다.

"화염의 창병, 뇌전술사. 나를 공격해라."

"명을, 따릅니다."

둘이 적으로 돌아섰다.

진즉에 지친 몸이지만 무영은 물 만난 물고기처럼 쉬지 않고 움직였다.

하지만 시야가 아득해질 만큼 전투를 치른 뒤 무영은 의아해할 수밖에 없었다.

'검은 태양 전사만 강해졌다.'

화염의 창병이나 뇌전술사는 아무리 해도 능력치가 오르지 않았다.

무슨 차이일지 고민하다가 무영은 한 가지 결론을 내렸다.

'예술 점수.'

오로지 검은 태양 전사만이 80점이 넘는 점수를 얻었다.

혹시 예술 점수 80점이 넘으면 이처럼 성장 가능성을 얻게 되는 걸까?

이건 매우 중요한 정보였다.

만약 이 예측이 사실이라면 무영은 더욱 강한 언데드 군단을 부릴 수 있게 된다. 적어도 80점 이상의 언데드를 만들고자 더욱 애를 쓸 것이다.

무영과의 전투를 통해 강해진다면 이 역시 데스 로드가 가진 숨겨진 권능 중 하나이리라.

'틀에 갇혀 있었군.'

그러곤 쓰게 웃었다.

언데드는 성장하지 않는다는 편견이 없었다면 진즉에 알아냈을지도 모른다.

"그 상태로 정말 다음 물결을 맞이할 거예요? 암만 봐도 멍청한 짓이에요."

"할 거다."

우희가 묻자 즉답했다.

그러나 무영의 전신에선 피가 꾸역꾸역 쏟아졌다. 빈혈이 찾아왔고 정신은 몽롱했다. 그야말로 죽기 직전의 상태.

하지만 아슬아슬하게 검을 쥐고 움직일 여력은 두었다.

우희는 쯧쯧 혀를 찼다.

"만용은 죽음으로 가는 지름길이지요. 인간치곤 성장 속도가 말도 안 되긴 하지만요. 몇 시간 만에 더 날카로워진 거 같은데…… 신기하긴 하네요."

"40년."

"네?"

"여기까지 오는 데 40년이 걸렸다."

짧은 시간에 강해진다. 비정상적이다. 이런 말들은 무영을 두고 하는 소리다.

하지만 무영은 부정하고 싶었다. 지난 40년간 쌓여온 경험과 정보가 지금의 무영을 만들었다.

40년간 그림을 그려온 화가가 고작 5분 만에 뛰어난 그림을 그렸다면 '5분 만에 완성했네. 대단하다'라는 반응을 보이는 게 보편적이긴 하겠지만, 그 5분에 모든 걸 녹여내고자 화가는 40년간 수행을 쌓아온 것이었다.

무영도 마찬가지다.

한 번 강함을 맛봤기에 누구보다 빠른 성장을 할 수 있는
건 당연한 일.

적어도 과거의 경지까지는 쉬지 않고 몰아칠 터.

"이상한 인간이네요. 하여간 잘해봐요."

우히는 팔짱을 낀 채 하늘을 빙그르르 돌았다.

머지않아 다음 물결이 시작됐다.

'안 돼도 되게 한다.'

무영의 눈빛이 깊숙이 가라앉았다.

요정 우히는 믿을 수가 없었다.

'저거 정말 인간 맞아?'

세상에. 툭 치면 죽을 것 같은 몸으로 정말 16번째 물결을
이겨냈다.

언데드들의 도움이 크긴 했지만 무영 스스로도 전보다 더
나았으면 나았지 못한 모습을 보이진 않았다.

'그래도 여기까지겠지.'

우히는 고개를 저었다.

빈사 상태에서 무언가 특수한 스킬 같은 게 발동한 모양인
데 그것도 여기까지였다.

다음으로 등장할 괴물은 트롤이다. 끔찍한 재생 능력의 소

유자.

예상대로 싸움은 길어졌다.

언데드들이 짓밟히고 무영의 팔도 뒤틀려서 한쪽이 덜렁거렸다. 버티고 있는 것만 해도 대단한 것이다.

한데…… 이변이 또 일어났다.

'말도 안 돼!'

트롤이 전멸했다.

그 즉시 무영은 다음 물결에 도전했다.

빈사 상태로 오래 가 봐야 결말이 좋지 않으리란 걸 알고 전과 달리 바로바로 도전하고 있는 것이다.

하지만 아무리 생각해도 있을 수 없는 일이었다.

우히는 알 수 있었다. 그의 육체는 이미 한계다. 숨을 쉬는 것조차 괴로울 텐데 단순한 의지 하나로 죽어가는 몸을 이끌고 있었다.

'전사의 영역을 초월했어. 몇 번이나 죽어본 사람 같아.'

전사라고 칭해지는 자들은 죽음이 가까워졌을 때 강해지는 경향이 있다.

무영은 그 영역을 진즉에 초월했다.

죽음 안에서 활동하는 자가 아닌 이상 저런 움직임은 불가능하다.

우히는 점점 재미에서 벗어나 조마조마한 마음으로 무영의 싸움을 지켜봤다. 손에 땀을 꽉 쥐고 눈을 부릅뜬 채 한 장면도 놓치지 않았다.

누군가의 싸움을 보면서 이런 기분이 드는 건 처음이었다.

'힘내! 인간. 너는 할 수 있어!'

저도 모르게.

시선이 끌리고 응원을 하게 된다.

무영의 몸에 생채기가 늘어날 때마다 우히도 왜인지 신체가 쓰라렸다.

지켜보는 이를 동화시키는 것……

흔히 영웅이라 칭해지는 자들이 가진 기질이었다.

촤악!

마지막 아크 고블린의 목을 따는 것으로 전투가 종료됐다.

털썩!

무영은 바닥에 무릎을 꿇었다.

비탄을 땅에 꽂아 완전히 쓰러지는 것만은 겨우 막을 수 있었다.

그대로 끄응대며 자리에서 일어나 우히에게 다가갔다.

"내……놔라."

"여, 여기요."

우히가 어벙한 얼굴로 품속에서 구름 모양의 도구를 건넸다.

'리틀 위시.'

드디어 소기의 목적을 달성한 것이다.

3가지 작은 소원을 이뤄주는 보물!

이어 무영은 자신의 몸 상태를 체크했다.

'더는 힘들겠군.'

리틀 위시로 몸을 회복시킬 순 있겠지만 그렇다고 20번째 물결까지 나아갈 수 있을 것 같지는 않았다.

남은 언데드는 백이 안 됐다.

트롤의 기운이 억센 것인지 언데드로 만들기가 쉽지 않았다. 기껏해야 죽음의 예술 스킬을 열댓 번 사용하는 게 전부.

그래선 턱 없이 부족하다.

우히가 물었다.

"여기까지 할 거지요?"

"그래야겠군."

"다음에 꼭 다시 와요. 30번째 물결을 이겨내면 엄청나게 특별한 보상을 얻을 수 있어요."

30번째 물결이라.

현재로선 아득하다.

그러나 누군가가 30번째 물결을 막고 엄청나게 특별한 보상을 얻었다는 이야기는 들어본 적이 없었다.

슬쩍 우히를 바라보자 우히는 얼굴을 붉힌 채 몸을 꼬고 있었다.

"우히히. 바로 나를 얻을 수 있어요."

"다른 걸로 내놔라."

"씨이, 내가 얼마나 요정들한테 인기 있는지 모르지요?"

무영은 피식 웃어 보일 따름이었다.

하지만 다시 무한의 전장으로 들어오는 건 언제라고 기약할 수가 없었다.

한 번 들어온 매개체로는 다시 들어올 수 없으므로.

무한의 전장으로 들어오려면 불타르가 가진 구슬이 아닌 다른 매개체를 찾아야 했다.

우히가 이어서 말했다.

"……꼭 다시 와요. 기다리고 있을게요."

다시금 쓸쓸해진 듯 우히가 힘없이 고개를 끄덕였다.

쪽!

이윽고 우히가 무영의 뺨에 입술을 부딪쳤다.

곧 환한 빛이 무영을 감쌌다.

〈'요정의 축복'이 부여됐습니다.〉

〈18번째 물결까지 막아냈습니다.〉

〈히스토리에 '무한의 전장-18단계'가 추가됐습니다.〉

〈솔로몬의 전당에 최초로 이름을 올렸습니다. 이름이 밝혀지는 걸 거부했습니다.〉

1. 무명(No-name) - 18단계.

2. 없음.

3. 없음.

〈한계를 벗어나 시련을 돌파한 자여! 그대의 무용에 이면의 주인들이 매우 만족해합니다.〉

〈쉐도우 로드가 '헤르메스의 장화'를 선물합니다.〉

〈한정 보상 'A급 무작위 법보' 한 장이 주어졌습니다.〉

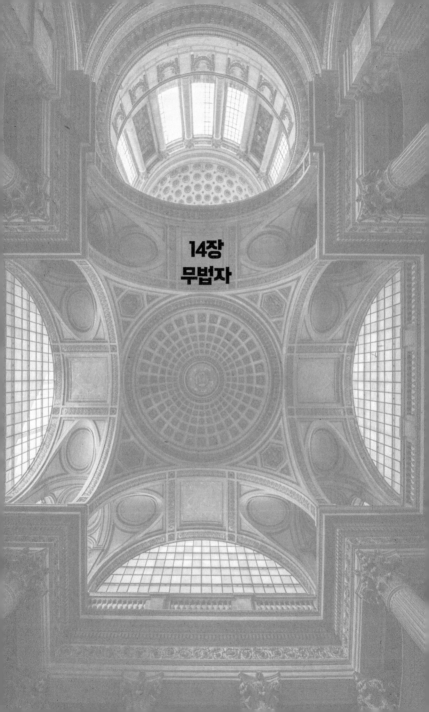

14장
무법자

구슬 밖으로 튀어나왔다.

동시에 현기증이 덮쳐 오며 무영은 몸을 비틀거렸다. 당장 죽지 않는 게 신기할 정도의 중상.

빠르게 치료하지 않으면 되돌릴 수 없으리라.

"도깨비가 돌아왔다!"

구슬 옆을 지키던 불타르가 크게 외쳤다.

곧 소족장 불타르가 무영을 찾아와 어깻죽지를 들추곤 침음을 흘렸다.

"18단계……!"

무영의 왼쪽 어깨 부분에 '18'이란 숫자가 적혀 있었다.

무한의 전장을 들어간 사람들은 막아낸 물결의 숫자에 따라 이런 식으로 숫자가 새겨진다.

소족장 불타르는 불신의 눈빛으로 그것을 바라봤다.

일개 도깨비가 10단계를 훌쩍 넘을 줄은 상상도 못 했다. 도깨비의 왕이라 할지라도 15단계 정도가 한계일 것이다.

그런데 자신이 제시한 기준을 훨씬 넘어 지금 이 자리에 도착했다.

분위기가 바뀌었다.

다른 불타르들도 이제는 도깨비를 무시할 수 없었다.

"도깨비, 아니, 전사를 위한 치료를 시작하라!"

전사로 인정받은 자가 허무하게 죽게 놔둬선 아니 될 일.

전사는 마땅히 존중받을 권리가 있었다.

불타르들이 긴급 회동을 가졌다.

"도깨비가 전사의 의식을 18단계까지 완료했다고?"

"허, 믿기지 않는 일이 있어났어."

"치료를 받으면서도 기절하지 않았다더군."

"그 상태로 말인가?"

"눈을 부릅뜨면서 도리어 소족장을 위협했다던대?"

"나도 봤네. 명예를 아는 자라면 약속을 지키라고 했지. 그러곤 우리를 계속해서 주시하더군. 아무도 믿지 않는 눈초리였어."

"건방진. 우리 불타르 중 누가 자신을 해칠 줄 알았던 건가!"

"전사의 의식을 거기까지 통과한 이상 그는 전사의 대우를 받아야 하네."

"끙⋯⋯."

도깨비가 전사의 대우를 받는다?

유례가 없었다.

그래도 한 말이 있는지라 그러지 않을 수도 없는 노릇이었다. 설마 깔보고 무시하던 도깨비 중에서 그런 자가 나오리라곤 생각도 못 했던 것이다.

'바람이 바뀌었다.'

소족장 불타르는 그 광경을 흐뭇하게 지켜보고 있었다.

도깨비는 잘해주었다. 꽉 막힌 장로들을 제대로 흔들었다.

"그의 의견을 들어봅시다. 그가 전사인 게 증명되었으니 품의 나무가 가진 문제를 해결하겠다는 것도 마냥 허언은 아닐 것이오."

"소족장은 그가 정말 해결할 수 있다고 보오?"

"우리가 마을을 옮기는 게 맞다?"

물론 그럼에도 반발은 있었다. 마을을 옮기자는 의견이 쉽게 받아들여질 리는 없었으므로.

그래도 처음처럼 노발대발하며 반대하지는 않았다.

장족의 발전이다.

"전사의 말을 들어봐야 한다는 게 소족장인 나의 생각이오. 솔직히 우리가 한가로이 있을 입장은 아니지 않소? 앞으로 길어야 10년. 그 시간이 지나면 우리는 다시 품의 나무를 찾아 정처 없이 길을 헤매야 한단 말이오!"

소족장 불타르가 자신의 허리를 두른 기다란 뿌리를 쓰다 듬었다.

품의 나무뿌리다. 이 뿌리가 없으면 불타르는 자신의 불을 이기지 못해 끝내 자멸하고 만다.

주기적으로 갈아줄 필요가 있는데 다음 품의 나무를 빠른 시일 내에 찾지 못하면 부족 자체가 사라질 수도 있다.

괴물 중의 괴물이라 불리는 불타르가 그렇게 죽음을 맞이 하는 것도 치욕적인 일이다.

하지만 품의 나무는 마계에서 빠르게 줄어가는 추세였다.

또 언제 찾을 수 있을지는 오로지 신만이 알 것이다.

"만약 그의 말이 틀리면? 다른 부족에게 온갖 창피를 당할 텐데?"

소족장 불타르가 답답하다는 듯 인상을 구겼다.

"반대로 성공하면 모든 불타르가 우리를 새롭게 볼 것이 오. 실패해도 약간의 창피만 당하면 그만이지. 잃는 것보다 얻는 게 훨씬 많소. 하물며."

답답이들!

소족장 불타르는 진심으로 그렇게 생각했다.

그들은 전사고 명예를 목숨보다 중하게 여긴다.

이해는 하지만 이건 명예 이전의 문제였다.

"품의 나무요. 대지의 어머니! 어머니를 치료하는 데 무슨 조건이 필요하단 말이오?"

"그만."

가만히 지켜보던 족장이 불현듯 말했다.

소족장을 비롯한 모두가 입을 꾹 닫았다.

이윽고 족장이 고개를 주억거렸다.

"그 도깨비의 말을 들어보겠다. 사실이라면 우린 그를 전사로서, 은인으로서 대우할 것이고 거짓이라면…… 내가 직접 단죄하겠노라."

꿀꺽!

모두의 표정에 긴장감이 서렸다.

족장이 직접 나서서 단죄한다는 건 결투로 끝장을 내겠다는 말.

그가 마지막으로 전투를 벌인 게 벌써 까마득하다.

하지만 모두가 족장의 강함을 알고 있다.

평범한 불타르 열 명이 달라붙어도 안 될 절대강자. 그가 나선다면 아무리 대단한 도깨비라도 희망이 없다.

도깨비가 살 수 있는 유일한 길은 자신의 말이 옳음을 증명하는 것뿐이다.

무영은 치료가 완료된 즉시 자리를 털고 일어났다.

약간의 자유 시간이 주어졌지만 딱히 긴장은 하지 않았다.

오히려 무한의 전장에서 얻은 것들을 마음 편히 정리하는 중이었다.

'리틀 위시, 요정의 축복, 헤르메스의 장화, 오우거의 힘 법보.'

모두 네 개.

A등급 무작위 법보로는 '오우거의 힘'이 걸렸다.

장비를 강화할 수 있는 제법 희귀한 법보였다.

'헤르메스의 장화라.'

리틀 위시나 법보는 충분히 알 만한 것들이지만 나머지 두 개는 무영도 처음 보는 것이었다.

헤르메스의 장화는 시꺼먼 색깔을 하고 있었다.

확인을 위해 장화를 주시하자 관련된 정보가 떠올랐다.

명칭: 헤르메스의 장화

등급: A+

분류: 장착형

내구: 24,000

효과: 쉐도우 로드의 선물. 헤르메스가 신던 신발 중 하나.

* 민첩+15

* 3초간 '가속' 사용 가능.

보이는 정보는 간단했다.

A+등급.

무영이 가진 장비 중 최고 등급이었다.

게다가 무영은 마지막 글귀에서 조금 더 놀랄 수밖에 없었다.

'가속!'

가속에 대해서 무영은 누구보다 잘 알고 있었다.

몸을 두 배로 빠르게 만들어주는 기능이니까.

과거 용군주의 암살을 위해 무영은 이 가속이 달린 장비를 착용한 적이 있었다.

웡 청린이 자신의 장비를 잠시 무영에게 빌려준 것이었는데 그 효과는 놀라운 수준이었다.

고작 3초라지만 3초면 일발역전의 기회로 삼기에는 충분하다.

'민첩+15도 무시할 순 없지.'

민첩은 말 그대로 몸의 민첩함을 나타내는 수치이기도 하지만 한발 더 나아가 '감'의 영역에 높은 비중을 둔다.

오감이라고 할 것이다.

위험을 감지하고 뒤에서 다가오는 적의 기척을 알아차리는 감각.

특히 무영에게 있어서 민첩은 중요한 능력치다.

즉시 헤르메스의 장화를 착용했다.

'요정의 축복이 뭔지 확인해 봐야겠다.'

우히가 뺨에 입술을 부딪치자 생겨난 축복이었다. 처음 보는 것이었고 그래서 더욱 궁금했다.

바로 시계를 돌려 능력치창을 열었다.

전승 효과 -〉

비탄의 그레모리(A, 모든 능력치+3)

영혼 동반자(B+, 언데드와 영혼을 동화할 시 해당 언데드의 능력치 소폭 증가)

아수라의 사도(A, 망자와 마귀의 힘을 다루는 망혼력 '10' 증가)

요정의 축복(B, 요정들이 친근함을 느낀다.)

직업 효과-〉

데스 로드(Lord class, 죽음의 지배자)

능력치-〉

힘 90(67+23)

민첩 104(71+33)

체력 93(68+25)

지능 56(34+22)

지혜 60(38+22)

투기 60(42+18)

마법 저항 30(12+18)

망혼력 38(10+28)

특이사항 : 투기에 눈을 떴습니다.

착용&적용 중인 무구 : 비탄(힘+5), 미치광이 군주 세트(모든 능력치

+15, 체력+10), 그림자 갑옷(하루 세 번 그림자로 이동), 사악한 허리띠(지능지혜

+4, 언데드 5%강화), **헤르메스의 장화**(민첩+15, 3초간 가속)

요정들이 친근함을 느낀다…….

'만나봐야 알 수 있는 축복이로군.'

무영은 어깨를 으쓱했다.

직접 요정을 만나봐야 이게 무슨 효과인지 알 것 같았다.

그리고 헤르메스의 장화를 착용해서 민첩 수치가 100을 넘겼다.

다섯 개의 벽 중 하나를 돌파한 셈.

물론 순수 능력치로는 멀었지만 단순히 보자면 그렇다는 이야기다.

또한 주요 능력치가 500을 넘기면 '초월자'가 된다고 한다.

무영은 과거에도 초월자의 영역에는 들어가지 못했다. 정확히 말하자면 절반의 초월자였다. 그래도 민첩은 500을 넘겼으니.

덕분에 초월자인 용군주의 암살도 가능했던 것이다.

단 한 번의 기회를 포착하고자 몇 년이나 걸리긴 했지만 말이다.

"도깨비야, 시간이 되었다."

소족장 불타르가 무영이 있는 방으로 찾아왔다.

무영은 고개를 끄덕이며 몸을 곧추세웠다.

"그런데 도깨비야, 이름이 무엇이냐?"

"무영."

"무영, 나는 오가르다."

소족장 불타르, 오가르가 가볍게 자신을 소개했다.

단순한 교환이지만 이 의미는 결코 가볍지 않다. 적어도 오가르는 무영을 제대로 전사로서 보고 있다는 의미였다.

"만약 품의 나무가 가진 문제를 해결해 준다면 우리는 너를 은인으로 여길 것이다."

오가르의 말을 듣고 무영은 피식 웃었다.

괴물의 은인이라!

'재미있군.'

그것도 썩 나쁘진 않을 것 같았다.

무영은 일전에 오가르에게 한 설명을 그대로 입에 담았다.

벌레들을 가져와 증명하고 무뚝뚝하기 그지없는 자세로 임했다.

유창한 언변?

그런 것이 무영에게 있을 리가 있겠는가.

그냥 진실만 말했을 따름이다.

하지만 진실과 작은 증명이 이변을 만들어냈다. 불타르의 족장이 매서운 눈빛으로 '마을을 옮기겠다'고 선언한 것이다.

그리고 정확히 10일이 지나자 눈에 띄는 성과가 나타나기 시작했다.

명왕딱정벌레가 알을 까고, 수백의 새끼가 거대 진딧물이를 잡아먹었다. 뿐만 아니라 새들이 찾아와 천적 없이 자란 거대 진딧물이를 마구 낚아채기 시작했다.

시간이 조금 더 필요하겠지만 고작 10일 만에 품의 나무는 더욱 푸르러졌다. 죽어가던 잎사귀가 초록빛을 띠고 주변 땅이 조금 더 기름지게 되었다.

이 놀라운 결과에 불타르들은 좋으면서도 한편으론 씁쓸한 감정을 맛볼 수밖에 없었다.

결국 자신들의 존재가 품의 나무를 죽여온 것이라는 게 밝혀진 것이다.

설마 천적을 이용해서 문제를 해결할 줄도 몰랐다.

아니, 그런 발상 자체가 없었다.

애당초 천적이 없는 불타르다. 그런 관계를 이용하겠다는 생각이 들 리가 없었다.

어느 날 갑자기 찾아온 도깨비가 순식간에 은인으로 부상했다.

"바라는 게 있느냐?"

이제는 모든 불타르가 인정할 수밖에 없었다.

잡음이 사라지자 족장이 직접 찾아왔다.

"이 땅은 내게 너무나도 불친절하다. 나에게 맞는 사냥감을 잡으며 강해지고 싶다."

무영은 일전에 한 말을 그대로 반복했다.

'일단 사냥을 좀 해야겠어.'

마신의 영역이다. 불타르가 계속해서 무영을 보살펴 줄 수는 없다. 스스로 강해져야 이 험난한 대지에서 살아갈 수 있다.

하지만 마신의 영역에 있는 괴물은 모두 수준이 높다. 괜히 미개척 지역이 아니다.

인류가 발을 들이려면 상당한 출혈을 감수해야 하기에 기약 없이 일정을 뒤로 미뤄둔 것이었다.

그러니 수준에 맞는 사냥감을 물색할 수밖에 없었다.

조금이라도 강해지는 것.

무영이 가장 먼저 풀어야 할 숙제였다.

다음 날.

날이 밝은 즉시 불타르가 대이동을 시작했다.

행동력 하나는 발군이었다.

하지만 오가르는 남았다.

"너는 우리 부족의 은인이다. 이대로 보낼 수는 없지."

거대한 불의 괴물. 그가 씩 웃으며 말했다.

"어린 불타르를 훈련시킬 때 감독하는 사람이 한 명씩 붙는다. 하지만 내가 붙은 경우는 한 번도 없었다. 이를 매우 자랑스럽게 여겨야 할 것이다."

"감독? 필요 없다. 사냥감이 있는 위치만 알려주면 돼."

무영은 쌀쌀맞기 그지없었다.

오가르처럼 존재감이 커다란 이가 뒤에 붙는다면 다가오는 사냥감도 도망간다.

하지만 그것이 무영의 착각이라는 듯 오가르는 자신의 쓸모 있음을 토로했다.

"과연 그럴까? 우리 불타르는 불을 관장한다. 불꽃이란 생명체의 기본이며 본질이다. 내가 있음으로 인해서 너의 성장 속도는 두 배 이상 빨라질 것이다."

"불타르식 수련법이라도 있다는 말인가?"

"말하자면 그렇다."

따로 수련법이 있다고?

불타르에 대해선 특히나 알려진 게 없었다.

불타르는 상급 괴물이지만 몰려다니는 특성상 최상급 괴물도 어지간하면 피해가는 무리다.

그런 무리를 섣불리 공격할 집단은 어디에도 없었다.

영역을 침범하거나 건드리지 않으면 굳이 먼저 공격해 오진 않기 때문에 인류가 대규모 이동을 할 때 불타르의 영역은 피해서 돌아가곤 했었다.

'흥미가 생기는군.'

오가르는 자신감이 충만한 상태다. 확실히 허언을 할 것 같지는 않았다.

"좋다. 허락하지."

"허, 허락한다고……?"

오가르는 어이가 없다는 듯 말을 더듬었다.

그럴 수밖에.

부족의 소족장, 2인자의 위치에 있는 그가 언제 이런 취급을 당해봤겠나. 장로도 이런 식으로는 못 대한다.

하지만 눈앞의 도깨비는 부족의, 불타르의 은인이다.

'천적'을 이용한 이 방법을 퍼뜨리면 불타르가 가졌던 고질적인 문제가 해결되리라.

품의 나무를 강탈하고자, 차지하고자 쓸데없는 전쟁을 벌이지 않아도 된다.

이 도깨비 한 마리가 수천, 수만의 불타르를 살린 것이다.

그러니 막말을 해도 눈앞의 도깨비는 그럴 자격이 있었다.

'망할 도깨비.'

다른 불타르거나 도깨비였다면 저따위로 말한 이상 결코 살려두지 않았을 것이다.

입을 찢고 벌레처럼 밟아버렸겠지.

하지만 오가르는 화를 꾹 눌러 담았다. 한번 꺼낸 말을 다시 집어넣으면 불타르의 명예가 운다.

"크흠, 따라와라. 너에게 알맞은 상대가 있다."

오가르가 길을 걸으면 맹수들도 다가오지 못했다.

어둠의 영역에서도 불타르는 독보적인 존재였다.

"저기 언덕 위에 '뿔 달린 푸른 도마뱀'의 둥지가 있다. 놈을 잡고 심장을 가져와라."

손을 뻗어 오가르가 가리킨 곳은 높은 절벽이었다. 절벽 중심에 거대한 둥지가 하나 있었다.

오가르는 팔짱을 꼈다. 이후 도와주지 않겠다는 듯이.

무영은 고개를 끄덕이곤 발을 들었다.

'조금 벅차겠지만 가능하다.'

샤아아.

마침 거대한 도마뱀 한 마리가 둥지에서 슬며시 몸을 들고 무영을 바라봤다.

더 가까이 오면 적으로 간주하겠다는 듯이 사납게 노려보는 중이었다.

〈'하늘의 눈' 스킬이 발동했습니다.〉

〈성체, '뿔 달린 푸른 도마뱀'의 정보를 가져옵니다.〉

* 두 개의 뿔이 두개골 깊숙이 박혀 있는 푸른색 피부를 가진 도마뱀.

* 빙결의 힘이 담긴 입김을 불어낸다.

힘 80~120

민첩 95~135

체력 80~100

지능 50~70

지혜 50~70

※개체마다 오차가 존재할 수 있습니다.

보편적인 뿔 달린 푸른 도마뱀 성체가 가진 능력 지수였다.

저 기준을 벗어나는 개체도 있기는 하겠지만 대부분은 저 안에서 정해진다. 지금 무영의 능력치와 비교하면 어찌저찌 해볼 만한 수준.

언데드를 동원하면 조금 더 쉬워지겠지만 그럴 생각은 없었다.

어디까지나 무영 본인의 성장을 위한 사냥이다.

스릉!

무영이 비탄을 뽑고 도마뱀의 영역으로 들어갔다.

샤아아아!

그러기 무섭게 푸른 도마뱀이 둥지를 벗어나 미끄러지듯 무영에게 당도했다.

입을 벌리자 냉기가 쏟아져 나왔다.

"헙!"

숨을 멈춘 무영의 신체가 눈 깜빡할 사이에 사라졌다.

동시에 도마뱀의 뒤쪽에서 나타났다.

'그림자 이동.'

그림자 갑옷에 달린 옵션.

하루 세 번 상대의 그림자로 이동 가능한 기능이 발동된 것이다.

하지만 도마뱀은 기척을 잡는 데 능했다.

즉시 몸을 돌려 뿔로 무영을 들이받았다.

촤앙!

가까스로 막아냈으나 손이 크게 떨렸다.

무영은 이를 악물며 다시금 돌진했다.

'왼쪽이 약점이다.'

도마뱀은 왼쪽 다리를 살짝 절고 있었다.

주의 깊게 보지 않으면 그냥 넘어갈 수도 있겠지만 무영은 그것을 포착해 냈다.

줄기차게 왼쪽으로만 돌며 더욱 틈을 노렸다.

그렇게 장장 세 시간에 걸쳐 쫓고 쫓기는 사투를 벌였다.

푹!

비탄으로 도마뱀의 몸을 도려냈다.

이후 심장을 꺼내 오가르에게 돌아갔다.

오가르는 매우 의외라는 듯이 무영을 쳐다봤다.

"18단계를 돌파한 것치곤 꽤나 고전했군."

무영은 굳이 답하지 않았다.

전사의 특성상 무영이 죽은 시체를 조종한다는 생각이 들게 하면 실망할 수도 있었다.

나서서 설명할 필요가 조금도 없다.

"어쨌든 그 심장을 먹어라. 그리고 등을 돌려 앉아라."

"그냥 먹으라는 말이냐?"

"그래. 생으로 꼭꼭 씹어 먹어야 할 것이다."

뿔 달린 푸른 도마뱀의 심장은 컸다. 족히 무영의 머리통만 했다.

이걸 씹어 먹으라니…….

아무리 마계라지만 평범한 사람이었다면 기겁했을 일이다.

하지만 무영은 아무렇지 않게 심장을 베어 물었다.

쾨득!

입가에 피가 번졌다.

'차갑군.'

빙결의 힘을 사용하는 도마뱀이라서 그런지 아니면 원체 신체 온도가 낮은 괴물이라 그런지 피가 매우 차가웠다.

천천히 씹어 먹자 오가르가 놀랐다.

"생긴 것도 그렇고 맛도 없을 텐데 용케 먹는구나. 전사 불타르도 마다하는 음식이거늘."

"이 정도는 아무것도 아니다."

도마뱀의 심장은 극악으로 맛이 없긴 하였다.

하지만 먹을 수 있는 거라면 그게 무엇이든 무영은 씹어 삼킬 수 있었다.

음식의 맛 자체에 그다지 신경을 쓰지 않았다. 적어도 먹는 즐거움을 무영은 알지 못하고 있었다.

와그적. 와그적.

심줄 하나까지 전부 삼킨 뒤 무영은 등을 돌리고 앉았다.

오가르가 질색하며 그런 무영의 등에 손을 가져다 댔다.

"눈을 감고 얌전히 불꽃을 받아들여라. 조금씩 너의 몸에 어그러진 균형을 맞춰갈 것이다. 고통스럽겠지만 입을 열어선 안 된다."

균형이라.

무엇을 할지 몰랐기에 무영은 시키는 대로 눈을 감았다.

화륵!

곧 작은 불꽃이 무영의 등에서 번지기 시작했다.

불꽃은 등 안으로 들어와 도마뱀의 심장이 몸속에 자리 잡도록 도왔다.

'음⋯⋯!'

이질적인 기운이 몸 안을 휘젓는다. 오가르의 불꽃은 몸

안의 불순물을 제거했다.

하지만 그 고통이란 천하의 무영조차 몸을 움찔할 수준이었다.

이가 바스러질 정도로 악물며 한마디도 내뱉지 않았다.

몇 시간가량이 흘렀을까.

"됐다."

오가르가 이마를 훔치며 자리에서 일어났다.

"대단하군. 전사들도 열에 아홉은 신음을 내뱉는데."

"내뱉으면 안 된다고 하지 않았던가?"

"그렇다. 숨을 내뱉으면 좋은 기운이 빠져나가지. 몸의 균형을 잡는 일은 평생에 한두 번밖에 할 수 없는 작업이다. 신음을 흘리면 균형도 약간 어그러진다."

"그걸 먼저 말해라."

무영은 창백해진 얼굴로 말했다.

가장 중요한 대목을 끝나고 이야기할 줄이야.

"쟁취해서 얻는 게 더욱 값진 것이다."

별거 아니라는 듯 오가르가 어깨를 빙빙 돌렸다.

그리고 이어서 입을 열었다.

"오늘은 쉬고 내일 다음 작업을 하자."

"아직 해야 할 게 남은 건가?"

"두어 개 정도 있다. 이걸 다 하고 나면 네 스스로가 달라졌음을 자각할 것이다."

무영은 털썩 자리에 주저앉았다.

기진맥진이란 표현처럼 전신에 힘이 없었다.

다음 날.

무영은 하늘을 날아다니는 '태풍가오리'를 사냥했다.

어렵사리 그 심장을 구해 먹으려고 하자 오가르가 막아섰다.

"태풍가오리의 심장은 그냥 먹어선 안 된다. 필요한 재료가 있다."

"필요한 재료라는 게 뭐지?"

"사이한 독버섯, 시독을 품은 실뱀 다섯 마리, 절명의 개구리 한 마리……."

한참 재료명을 듣던 무영이 인상을 구겼다.

"누군가를 암살할 생각인가?"

하나같이 극독이었다.

먹는 순간 코끼리도 단방에 즉사시킬 만한 독을 지닌 생명체들.

저런 걸 섞어서 먹었다간 몸 자체가 흐물흐물 녹아버릴 것이다.

그런 무영의 생각을 이해하는지 오가르가 고민했다.

"우리 불타르는 이렇게 한다. 하지만 도깨비라면 죽을 수도 있겠군. 원한다면 재료의 양을 줄여주마."

"아니……. 됐다. 그냥 진행하지."

무영은 고개를 저었다.

불타르와 신체적인 차이는 있겠지만 무영 스스로도 어느 정도의 독은 제어할 수 있었다.

'육도의 망령들이 독을 좋아한다는 건 최근에 알았지.'

정확히는 독과 같은 음기를 띤 물체를 좋아하는 것이었지만 독만 충분히 있다면 망령에게 독을 씌우고 공격하는 것도 가능했다.

불타르가 불로 독을 태우는 것처럼 무영이 가진 망령들이 알아서 독을 가져갈 터.

충분히 할 만하다고 여겼다.

"음, 후회하지 마라."

무영은 옅게 웃으며 재료를 모았다. 그리고 재료를 모아서 섞은 다음 마지막 작업을 행했다.

"마지막으로 우리 불타르족의 정수를 담는다. 정수도 등급이 있다만, 너는 은인이니만큼 상급 정수를 사용해 주마."

오가르가 인심 썼다는 듯 작은 물병 하나를 꺼냈다. 그러고는 재료가 담긴 통에 정체 모를 정수를 쏟아 넣었다.

"마음 단단히 먹어야 한다. 정신을 잃으면 그대로 죽을 터이니."

목숨을 담보로 한 일.

무영은 고개를 끄덕이고 뜨거운 사막 대지 위에 앉았다.

꿀꺽! 꿀꺽!

이어 모은 재료를 단번에 흡입하였다.

"……!"

동시에 무영의 몸이 새파래지고 보랏빛을 띴다.

극독 중에서도 극독. 오로지 마신의 영역에서만 구할 수 있는 매우 희귀한 독들이었다.

만약 오가르가 위치를 알지 못했다면 이걸 모으는 데 몇 년은 걸렸을 것이다.

하나 너무 강하다.

오가르가 불꽃으로 조절을 하고 있지만 역부족이었다. 즉시 흐물흐물 몸이 녹아내리지 않은 게 다행이었다.

'육도.'

아주 약간의 시간만 있으면 충분하다.

이내 망령들이 무영의 몸속을 휘젓기 시작했다. 극독이 맛있는 음식이라도 되는 양 마구 빨아들였다.

〈망령들이 한 차원 강해집니다.〉

〈아수라도의 지배력이 올라갑니다.〉

〈정복율 : 1.1%〉

〈33기의 망령이 '포이즌 쉐이드'로 진화했습니다.〉

포이즌 쉐이드?

쉐이드는 일반적인 망령이 물리력을 행사할 수 있는 형태다. 엄청난 극독을 빨아먹고 본래의 틀을 벗어던진 듯싶다.

하지만 생각을 길게 이어 나갈 순 없었다.

거기서 끝이 아니었다.

무영의 몸이 부풀어 오르고 다시 가라앉기를 계속해서 반복했다.

'끄윽……!'

진저리가 쳐질 정도로 고통스러웠다.

몸에서 이상이 일어나고 있었다. 불로 태우지 못한 불순물을 독이 먹어치웠다.

이윽고 세포 단위로 신체가 재구성되기 시작한 것이다.

〈신체의 불순물이 모두 제거되었습니다.〉

〈음양의 조화. 신체의 상태가 갓 태어난 아기와 같이 청렴해지며 새롭게 변형됩니다.〉

〈환골탈태(換骨奪胎)가 진행됩니다.〉

환골탈태!

뼈와 태를 완전히 바꾸는 현상. 흔히 벽을 넘으면 이 과정을 겪는다고 한다.

무영은 벽을 넘지 않고 환골탈태의 과정을 겪고 있었다. 끈덕지게 정신을 놓지 않으려고 애썼다.

그리고…… 몸이 비어진 후 새로운 물결이 무영의 몸을 채웠다.

〈1차 환골탈태가 완료되었습니다.〉
〈성장 가능성(잠재력)의 폭이 크게 늘어납니다.〉

곧 무영의 이마 위로 오색영롱한 모란 모양의 빛무리가 피
어났다.

그것을 본 오가르가 눈을 크게 떴다.

'영광의 꽃!'

불타르 중에서도 천 명 중에 한 명만 핀다는 꽃이 도깨비
의 이마에 피어났다.

어찌 놀라지 않을 수 있겠는가!

빛무리가 활짝 만개하더니 다시금 무영의 몸속으로 파고
들었다.

〈마법 저항이 30 증가합니다.〉

털썩!

모든 게 진행되고 무영은 정신을 잃었다.

오가르는 복잡한 눈빛으로 그런 무영을 내려다봤다.

"허, 이놈. 도깨비가 아니었군."

그리곤 한 방 얻어맞았다는 듯이 껄껄 웃었다.

지글지글!

무언가 끓는 소리가 들려왔다.

무영은 천천히 눈을 떴다. 곧 자신의 몸이 놓인 곳을 확인하곤 이맛살을 찌푸렸다.

언제 가져왔는지 모를 거대한 통 안에서 발가벗은 채 반신욕을 하는 중이었다.

온갖 약초 같은 것이 물 위를 둥둥 떠다니고 있었다.

심지어 무영조차도 처음 보는 약재가 섞여 있는 걸 보면 범상치 않다.

"눈을 떴구나. 그래도 그대로 있어라. 막 태어난 몸에 열기를 부으려면 이 방법밖에 없으니까."

톡톡.

늦은 저녁, 오가르는 통 옆에 기대고 앉아서 초록색 가루를 조금씩 뿌리고 있었다.

"너는 복 받은 줄 알아라. 대전사도 이 정도로 챙겨주진 않는다. 유니콘의 뿔 가루가 얼마나 귀한 건줄 아느냐."

"그런 걸 내 몸을 데우는 데 사용한다고?"

무영도 조금은 놀랄 수밖에 없었다.

유니콘의 뿔은 특등의 재료다. 어디에 사용하건 파마의 기운을 불어넣어 물건 자체의 격을 한 단계 이상 높이는 보물이었다.

그걸 가루로 내서 통에 들이붓고 있는 거다.

오가르는 별것 아니라는 듯이 말했다.

"알면 됐다. 우리 불타르는 빚진 건 확실하게 갚는다. 족
장님께서 이 가루의 사용을 허락했으니 너는 부작용을 겪지
않아도 될 것이다."

"부작용?"

"억지로 몸의 균형을 맞췄다. 신체란 신기해서 아무리 나
빠도 전의 상태로 돌아가려고 하지. 본래 균형이 맞춰진 상
태를 유지하려면 족히 반년은 폐인으로 지내야 한다."

"지금은 괜찮다는 말 같군."

"유니콘의 뿔 가루는 극상의 치유력을 발휘한다. 어그러
짐을 바로잡는 힘이 깃들어 있으니 말이다."

오가르는 차분하기 그지없는 어조로 설명했다.

무영은 잠시 그 말을 되새기다가 손을 들어봤다. 신체를
둘러보고 고개를 주억거렸다.

'가볍다.'

전신이 가볍다.

이런 감각은 처음이었다. 새롭게 태어났다는 게 무엇인지
알 것 같았다.

'전신이 새롭게 변형됐다. 이전과는 비교가 안 돼.'

무영은 자신의 몸을 체크하곤 더욱 놀랐다.

돌맹이에서 스펀지가 됐다.

직접 움직여 봐야 알겠지만 물을 빨아들이는 차원이 다르리라고 예상됐다.

그냥 본능적으로 느껴진다.

더 빠르게 강해질 수 있다고.

더 높은 곳으로 향할 수 있다고!

'1차 환골탈태라고 했지.'

비슷한 경험을 과거에도 안 했던 건 아니다.

그러나 시기가 무척 이르고 내용도 전혀 달랐다.

통상적으로 초월자의 길에 오르는 데 5번의 환골탈태를 해야 된다고 전해진다.

과거 무영은 4번의 변화를 겪어보았다.

하지만 이번에 겪은 건 평범한 환골탈태가 아닌 듯싶었다.

'마법 저항 30이 올랐다. 그때보다 변했다는 느낌이 더욱 강해.'

보통 변형, 각성을 해도 능력치가 오르진 않는다.

성장 가능성이 열릴 뿐.

한데 마법 저항이 30이나 올랐다. 게다가 머릿속도 더 맑아진 기분이었다.

"그런데 어느 쪽이 진짜냐?"

상념을 지우는 목소리.

어느새 오가르가 뻔히 무영의 얼굴을 쳐다보고 있었다.

혹시?

무영은 고개를 숙여 물 위에 비치는 자신의 모습을 대면했다. 하지만 겉모습은 크게 달라지지 않았다. 하얀 머리칼과 도깨비 뿔은 그대로였다.

"무슨 뜻으로 묻는 거냐."

"흠……. 숨기는 거라면 더 묻지 않으마. 하여간 희귀한 놈이로군. 치사량이 훨씬 넘는 독을 중화시킨 것도 그렇고."

오가르는 동물원의 신기한 동물을 쳐다보는 것처럼 눈을 빛냈다.

망령을 이용해서 독을 옮긴 것이지만 그것까지 알아내진 못한 모양이었다.

"나는 다른 불타르와 달리 제법 관대한 편이다. 하지만 숨기려면 제대로 숨겨야 할 것이다. 모두가 나처럼 관대하리란 보장은 없으니."

알 수 없는 충고와 함께 오가르가 굽은 허리를 펴고 자리에서 일어났다.

"아침이 되면 자연스럽게 일어날 수 있을 거다. 이곳은 새로 옮긴 마을 근처이니 마수들이 습격하지도 않겠지."

영문 모를 소리다.

하지만 무영은 표정을 굳혔다.

확신은 못 하지만 어느 정도 짐작이 가는 바는 있었다.

'내가 인간인 걸 알아차렸을 가능성.'

그럴 가능성이 아예 없다고는 할 수 없었다. 환골탈태의 과정에서 무영의 모습이 드러났을지도 모른다.

오가르가 웃으며 등을 보였다.

그 모습을 보고 무영이 말했다.

"가는 건가?"

"내가 할 일은 다했다. 아, 그리고."

때마침 생각났다는 듯 오가르가 고개를 돌려 입을 열었다.

"최근 인간 무리 하나가 이 주변을 어슬렁거린단 소리를 도깨비들에게 들은 적이 있다. 한번 찾아보는 것도 나쁘지 않을 것이다."

그러더니 마치 선심이라도 쓰는 것처럼 정보 하나를 던져 줬다.

'알아차렸군.'

이쯤 되자 무영도 확신이 들었다.

오가르는 무영이 인간인 걸 안다. 아마도 인간 무리로 돌아가라는 뜻일 것이다.

이곳은 마신의 영역이고 인간이 들어와서는 안 되는 장소였으므로.

그런데도 그냥 보내주는 건 그가 대인배이기 때문이다.

오가르가 할 수 있는 최대한의 배려.

평범한 불타르였다면 왜 자신을 속였느냐며 노발대발해도 이상하지 않다.

괴물이지만 어떤 의미에선 인간보다 나은 녀석이라고 무
영은 인정하지 않을 수 없었다.

"또 보자."

"푸하하. 안 보는 게 나을지도 모른다. 그래도 혹여나 다
음에 볼 땐 자신이 뭔지 확실하게 정한 다음에 보자."

시원하게 웃음을 터뜨리며 오가르가 떠났다.

무영은 한참이나 물가에 비치는 자신의 모습을 들여다보
고만 있었다.

아침이 되자 활력이 돌았다.

무영은 통을 빠져나와 옷을 갈아입었다.

이후 어제 오가르가 했던 말을 되씹었다.

'마신의 영역에 인간이 있다. 방랑자들인가?'

간혹 대도시를 빠져나와 방랑자의 길을 걷는 사람이 있었
다. 인간의 잔인함에 치를 떨고 뛰쳐나온 것이거나 죄를 저
지르고 숨어 사는 것이다.

후자 쪽이 압도적인 비율이기는 하지만 마신의 영역에 있
는 방랑자에 대하여 호기심이 드는 것도 사실이었다.

'도망쳐도 마신의 영역으로 도망치진 않는다. 어지간히 대
죄를 저지른 게 아니고서야. 어쩌면 무언가를 노리고 들어온

길드일지도 모르겠군.'

가만히 턱을 쓸었다.

무영이 모르는 정보를 갖고 있을 것도 염두에 뒀다.

아니면 무영과 같은 걸 노리고 있거나…….

어느 쪽이든 흥미가 생긴다.

하지만 정확한 위치를 모른다.

도깨비들의 증언이 있긴 하지만 그게 거짓말일 수도 있고 이미 떠나간 후일 수도 있었다.

'근처에 있으면 언젠가 만나겠지.'

그보단 사냥이다.

오가르와 함께 돌아다니며 물색해 둔 사냥 장소가 몇 곳 있었다.

말 그대로 '맞춤 사냥터'라 불러도 손색이 없을 정도로 무영에게 안성맞춤인 곳.

무영은 천천히 바닥을 쓸며 걸었다.

포사!

거친 황야의 포식자.

고양잇과의 괴물이며 엄청나게 민첩해서 눈으로 잡기조차 힘들다.

하지만 포착해 낼 수만 있다면 그다지 어려운 상대가 아니다.

무영의 눈은 포사가 움직이는 위치를 정확히 그려냈다.

뛰어난 안력과 다음 움직임을 예상해서 공격하자 포사도 속수무책으로 당할 수밖에 없었다.

크르르릉.

캬아!

하지만 포사는 네 마리가 함께 있었다.

'포이즌 쉐이드.'

무영의 몸 안에서 33기의 그림자가 튀어나왔다.

그림자는 포사의 몸에 들러붙어 독을 투여했다. 포사의 몸이 초록빛으로 변하며 시시각각 죽어갔다.

자신의 몸에서 일어난 이변을 눈치챈 포사들이 더욱 공격적으로 달려들었다.

무영을 죽이지 않으면 자신들이 죽으리란 걸 절절하게 깨달은 것이다.

하지만 달려드는 포사들을 바라보는 무영의 눈빛은 사냥꾼의 그것과 같았다.

스릉.

비탄이 뽑히고.

촤아아악!

학살이 시작됐다.

무영은 이마를 닦으며 물을 마셨다.

'아직도 따라오는 놈들이 있군.'

오가르와 헤어지고 벌써 15일째.

마신의 영역에서 쉬지 않고 혈투를 벌이고 있었다.

그 과정에서 포사 무리와 마주했고 벌써 3일이 넘는 시간 동안 쫓고 쫓기는 추격전이 계속되는 중이었다.

스무 마리 이상을 잡았지만 아직도 백 마리가 넘게 남았다.

놈들이 조여오는 포위망을 벗어나고 또 벗어나며 역으로 무영이 놈들의 숫자를 줄여 나가고 있었다.

지금쯤 포사들도 열이 바짝 올랐으리라.

'사냥하는 족족 능력치가 오른다.'

지친 몸을 쉬게 하고 무영은 능력치창을 살폈다.

고작 15일 동안 능력치가 가파르게 상승했다.

족히 한두 달은 움직여야 올릴 수 있을 수준.

이 상태면 머지않아 주요 능력치 100을 달성하고 소기의 목적을 이룰 수 있을 듯했다.

문제는…….

'따라오는 포사들을 제거해야 하는데.'

포사는 빠르다. 단체 사냥에 특화되어 있다. 도망치는 것도 재빠르기 그지없다.

잠자는 상황에서도 정신을 놓지 않는 무영이라 할지라도 누군가에게 이처럼 대놓고 노려지는 일은 익숙하지 않았다.

4마리 포사를 죽이는 데 거의 한 시간가량이 걸렸다.

상처를 많이 만들고 포이즌 쉐이드로 독을 투여해서 이긴 것이다.

방심하고 백 마리가 넘는 포사에게 둘러싸이면 무영으로 서도 답이 없었다.

몇 번 족적을 지워봤지만 포사들은 귀신처럼 무영의 위치를 알아냈다.

'놈들이 죽거나, 내가 죽거나.'

둘 중 하나는 죽어야 끝날 추격전이다.

다행히 아직까진 틈을 주지 않았다. 포사들도 무영을 경계해서 함부로 달려들지 않았다.

이 미묘한 경계가 깨지면 본격적인 혈투가 시작될 것이다.

"도, 도와주세요!"

그리고 지난 삼 일간 지켜온 경계가 한 사람의 난입으로 깨졌다.

잔뜩 흥분한 십여 마리의 포사가 헐벗은 여인을 쫓는 중이었다.

여인은 정말 천쪼가리 하나만 걸치고 있었다. 젊어 보였으나 굉장히 여위었고 몸 전체에 상처가 있었다.

'포사가 경계를 깼다. 싸울 수밖에 없겠군.'

포사 무리와 무영 간의 경계는 정말 아슬아슬하게 유지되고 있었다. 놈들도 무영의 실력이 뛰어남을 인지했기에 쉽사리 달려들지 않았던 것이다.

죽을 작정으로 공격해 왔다면 이미 결판이 났을 터.

포사는 그만큼 신중한 괴물이다.

하지만 여인이 난입하고 무슨 이유에서인지 흥분했다. 무영이 있는 영역까지 막 들어올 정도로.

그렇다면 그대로 보내선 안 된다.

저 열 마리가 살아나가거든 그 즉시 백 마리가 넘는 포사가 들이닥친다.

괴물의 세계는 얕잡아 보이는 순간 끝이다.

열 마리나 되는 포사를 무영 혼자서 해치우는 건 만용이다.

결국 무영은 언데드를 소환할 수밖에 없었다. 지금 당장은 그게 최선이었다.

화염의 창병과 뇌전술사, 검은 태양 전사만 불렀다.

포사를 상대로는 많이 소환하는 게 오히려 독이 될 수 있다.

"날뛰는 고양이들을 죽여라."

무영은 간단하게 명했다.

그리고 함께 전선에 뛰어들었다.

반대로 다가오던 여인은 경악한 듯 눈을 크게 부풀렸다.

사람인 줄 알았는데 이마의 뿔이 나 있다.

"아아……."

그 역시 괴물이란 걸 깨닫고 여인은 줄이 끊긴 마리오네트처럼 힘없이 무릎을 꿇었다.

괴물에게 도움을 요청했으니 이 얼마나 멍청한 짓인가.

양쪽에서 달려드는 이상 실낱같은 희망도 사라졌다.

여인은 눈을 감았다.

캬아아아!

촹! 콰르릉!

엄청난 폭음이 주변을 맴돌았다.

하지만 여인의 몸만큼은 멀쩡했다.

이에 이상함을 느낀 여인이 눈을 떴고 포사와 도깨비가 싸우는 장면을 목격할 수 있었다.

'싸움이 끝나면 잡아먹힐 거야.'

어지간한 각성자도 따라하지 못할 장관이었다.

확실한 건 도깨비가 포사를 이기고 있다는 것.

여인은 이 틈에 도망갈까 고민했지만 곧 부질없다고 생각했다.

도깨비와 포사의 영역에 들어온 이상 어디로 도망가든 죽을 운명이다.

체념하고 멍하니 앉아서 전투를 바라봤다.

'평범한 도깨비가 아니구나.'

어지간한 도깨비는 명함조차 못 내밀 정도로 강하다.

여인의 표정이 더욱 암울해졌다.

전투는 장장 30분이 지나서야 막을 내렸다.

결과는 도깨비의 승리였다.

포사의 발톱에 어깻죽지를 길게 베인 도깨비가 기다렸다는 듯이 여인에게 다가와선 말했다.

"너는 누구냐?"

여인은 입술을 꽉 깨물었다.

도깨비는 농락을 좋아한다. 사냥감을 결코 그냥 죽이는 법이 없다.

차라리 지금 혀를 깨물고 죽는 게 나을지도 모른다.

하지만 용기가 나지 않았다.

"다, 다가오지 마세요."

고작 한마디 내뱉는 게 전부였다.

깡마른 여자가 품에서 구슬 하나를 꺼냈다.

구슬은 절반이 잘려 있었다. 보랏빛을 띠고 알 수 없는 힘이 느껴졌다.

그것을 본 무영은 의외라는 듯 눈을 반개했다.

'영토의 구슬?'

그제야 여인이 포사 무리의 포위망을 뚫고 여기까지 도달한 이유를 알 것 같았다.

솔직히 반신반의하고 있었다.

포사들은 현재 무영을 중심에 두고 멀리 퍼져서 조금씩 포위망을 구성하는 중이었는데 어지간한 강자가 아니고선 아무리 생각해도 그 포위망을 뚫고 무영에게 도달하는 건 불가능했던 것이다.

하여 방랑자들이 간혹 하는 '낚시'가 아닐까 생각했지만 영토의 구슬을 가졌다면 이야기가 다르다.

'개척자가 사용하는 도구일진대.'

영토의 구슬은 마을을 만들고 도시를 세우기 위해 있어야 할 필수적인 물건. 흔히 개척자라 불리는 자들이 미개척 영역에 영토를 만들 때 사용하는 것이었다.

격이 낮은 괴물이 다가오지 못하게 만들고 인간이 살 수 있도록 대지를 정화한다.

모든 도시의 건설은 이 구슬을 사용하는 것으로 시작한다.

그런 물건을 가지고 있으니 포사가 쉽사리 다가오지 못한 것도 이해는 되었다.

무영은 손을 뻗었다. 그리고 영토의 구슬을 쥐었다.

"도깨비가 어떻게……!"

여인은 경악했다.

괴물이 직접 영토의 구슬을 만지는 건 상식적으로 있을 수 없는 일이었다. 상급, 최상급의 괴물이라면 가능하긴 하겠으나 도깨비가 아닌가.

물론 무영은 도깨비가 아니긴 했다. 그래서 영토의 구슬을 쥐어도 아무런 이상이 없었지만 그 사실을 모르는 여인은 착각할 수밖에 없었다.

"이 주변에 마을이 있나?"

"마을…… 비슷한 건 있어요."

침을 꿀꺽 삼키며 여인이 답했다.

사람들이 모여 있다는 뜻.

무영은 피식 웃고 말았다.

"용케 마신의 영역에 들어왔군."

"다, 당신은 누구죠? 정말 도깨비가 맞나요?"

여인은 지푸라기라도 잡는 심정으로 간절하게 말했다.

눈앞의 도깨비는 포악하게 생겼지만 적대감은 느껴지지 않았다.

게다가 믿는 것 외에 여인이 할 수 있는 게 없었다.

무영은 잠시 여인의 눈을 쳐다봤다.

그러자 여인이 몸을 웅크렸다.

천천히 손을 뻗어 헐벗은 여인의 몸을 만졌다.

그럴 때마다 움찔댔지만 이미 약해질 대로 약해진 상태여서 저항할 생각은 하지 못했다.

'학대의 흔적.'

그러나 무영은 여인의 심정 따윈 별반 관심이 없었다. 욕정을 느끼는 것과도 거리가 멀었다.

다만, 몸에 난 자상은 좀 관심이 갔다.

"마을에서 도망친 거로군."

확신을 담아서 말했다.

상처는 오로지 학대를 위해 새겨져 있었다.

누군지는 모르겠지만 굉장히 독한 녀석이라는 건 알겠다.

결국 학대를 견디다 못해 도망쳤고 영토의 구슬은 그때 가져온 것이겠지.

정곡을 찔린듯 여인이 주저앉아 무릎을 끌어안았다.

"마을은 어느 방향에 있지?"

"저, 저쪽이요."

그러면서 동쪽으로 손가락을 뻗었다. 무영이 포사 무리를 피해 움직이던 방향이다.

'방향을 바꿔야겠다.'

차라리 잘됐다.

여인을 만나지 않았다면 일이 더 어려워질 뻔했다.

포사들만으로도 골치가 아팠던 참이다.

다른 문제는 우선 저 끈덕진 포사부터 제거한 다음에 마주하고 싶었다.

캬아아아아아!

멀리서 포사들이 울부짖었다.

동료의 죽음을 깨달은 것이리라.

무영은 여인의 처지를 두고 잠시 고민하다가 결론을 내렸다.

'묻고 싶은 게 많아.'

일단 데려가기로.

"업혀라."

등을 내보이자 여인은 경직된 채 가만히 바라만 봤다.

"죽고 싶다면 말리지는 않겠다."

"아, 아니에요. 몸이, 몸이 굳어서 그래요. 잠시만……."

여인이 급히 정색하며 무영의 등에 몸을 실었다.

'죽음의 예술.'

무영이 죽은 포사를 되살렸다.

급조한 탓에 점수는 낮았지만 시간만 끌면 충분하다.

"막아라."

단 한마디.

언데드가 된 포사들이 일렬로 섰다.

그 즉시 무영은 빠르게 발을 움직이기 시작했다.

반나절을 움직였다.

그제야 포사의 포위망에서 벗어날 수 있었다.

그러나 길어야 4시간이었다.

그 뒤 다시 뒤를 잡히겠지만 숨 돌릴 시간을 벌었다는 게 중요하다.

'불타르가 마을을 옮기고 괴물들의 영역에 혼선이 생겼다.'

무영은 우물가 근처에 앉아 가볍게 혀를 찼다.

포사들이 이렇게 활보할 수 있는 건 불타르가 마을을 옮겼기 때문이다.

불타르를 피해 도망간 괴물이 다른 괴물의 영역을 침범하고 연쇄적으로 오차가 나타나자 반대로 포사의 활동 반경이 넓어진 것이다.

'포사는 복수심이 뛰어난 괴물이지. 나를 포기하지 않을 거다.'

오가르가 떠나가고 무영은 사냥을 개시했다.

그리고 빠른 성장에 잠시 심취해 버렸다.

우연히 발견한 포사의 새끼를 죽인 게 실수였다. 그 뒤로 포사 무리의 추격을 받았다.

벌써 삼 일이 넘는 시간 동안 계속되고 있었다.

'남쪽으로 계속 갈 수는 없다. 어떻게든 놈들의 숫자를 줄여야 하는데.'

이 일대에 대한 자세한 정보가 없었다.

무작정 내려가기만 하는 건 자살행위다.

툭. 툭.

무영은 손가락으로 무릎을 두드렸다. 이어 나뭇가지를 들고 바닥에 선을 그었다.

포사의 포위망, 다가오는 위치와 예상 경로 따위를 새기는 것이다.

"뭘 그리고 있는 건가요?"

무영은 슬쩍 고개를 돌렸다.

나체의 여인이 물가에서 몸을 씻어내고 다가왔다.

처음과는 달리 대범한 모습.

무영이 자신을 죽이지 않으리라고 확신이라도 한 듯했다.

"길."

"아아, 그러니까…… 포사한테 쫓기고 있는 거죠?"

"그렇다."

딱히 숨길 것도 없었다.

여인이 살며시 미소를 지었다.

"그럼 저랑 힘을 합쳐요. 저도 쫓기고 있어요."

여인이 쫓기고 있다는 건 이미 예상한 바였다.

지금쯤이면 추격대가 조성되었을 것이었다.

하지만 무영은 냉정했다.

"도움이 될 구석이 있어야 힘도 합치는 거다."

"저는 이 주변 일대의 길을 알아요. 그러니 마신의 영역에서 나가는 걸 도와주세요. 자연스럽게 포사들도 떼어낼 수 있을 거예요."

"불가."

길을 알고 있는 것과는 별개로 마신의 영역을 벗어나는 건 있을 수 없는 일이었다.

목숨이 여벌로 있지 않은 이상은 힘들었다.

무영의 대답을 예상했다는 듯 여인이 차선책을 꺼냈다.

"그럼 제 안전을 보장해 주세요. 어차피 우리 둘 다 혼자
서는 살아나갈 수 없어요."

태세전환.

겁에 질린 방금 전과는 전혀 달랐다. 자신의 가치를 피력
하며 협상을 하려고 한다.

'살아나갈 수 없다라.'

무영은 내심 어이가 없었다.

이보다 더한 상황을 몇 번이나 겪어봤다.

지금 여인이 하는 행동은 번데기 앞에서 주름을 잡는 격이
다. 업어주고 살려주었더니 그게 계속되리라 믿는 모양이다.

그야말로 자신의 가치를 너무 높게 보고 있는 것이다.

무영은 자리에서 일어났다.

그리고 천천히 여인에게로 다가가 목을 쥐고 들어 올렸다.

"너는 크게 착각하고 있는 게 있다. 우리 둘은 동등한 관
계가 아니다."

여인은 무영이 없으면 죽지만 무영은 여인이 없다고 해서
죽지 않는다.

어찌 동등할 수 있겠는가.

꽈아악!

손아귀에 힘을 주자 여인의 얼굴이 새파래졌다.

"컥, 커헉⋯⋯!"

"이제부터 알고 있는 걸 다 토해내야 할 것이다. 그래야 1초라도 살아 있는 시간이 늘어날 테니."

여인은 무영이 자신을 죽이지 않으리라 확신한 것 같지만 그게 착각이라는 걸 지금쯤이면 깨달았을 터였다.

일이 조금 더 어려워질 따름이지 충분히 혼자서도 해나갈 수 있다.

대범함은 좋지만 그것도 상황에 따라서 보여야 하는 것이다.

"이해했으면 고개를 끄덕여라."

"아, 알겠⋯⋯ 제발⋯⋯!"

툭!

손을 놓자 여인은 바닥에 주저앉아 거친 숨을 뱉었다.

그러거나 말거나 무영은 바로 궁금했던 것을 물었다.

"너는 분명 마을이 있다고 했다. 마을의 구성원은 몇 명이고 책임자는 누구이며 어떤 방식으로 운영되고 있는 거지?"

"콜록! 백⋯⋯ 백 명은 있어요. 하이데거란 자가 사람들을 납치해서 영토를 만들려고 해요. 모두를 노예처럼 부리고 있어요."

당찬 기세는 사라졌다. 금세 겁을 먹은 토끼가 되었다.

자신의 입장을 깨달은 것이리라.

동시에 무영은 대답을 되새겼다.

100명. 생각보다 많다. 하물며 여인의 입에서 나온 이름은 무영도 익히 알고 있었다.

"무법자 하이데거?"

"마, 맞아요. 어떻게 아는 거죠?"

여인이 기겁했다.

도깨비가 어찌 그 칭호를 아는지 알 수 없다는 표정이었다.

무영은 눈썹을 구겼다.

무법자 하이데거.

그 이름을 여기서 들을 줄은 상상조차 못 했다.

악(惡) 성향이 뚜렷하며 인간이 정한 기준에 얽매이지 않는 자. 잔인하고 악랄한 성격 때문에 모든 길드와 세가의 추격을 받은 적도 있었다.

대악당이란 말이 실로 어울린다.

하여간 그런 그가 어째서 지금 시기에 마신의 영역에 있는 것인지.

'이곳에서 인간의 영토가 발견되었다는 정보는 들어본 적이 없다.'

말인즉슨, 하이데거가 세운 모종의 계획은 실패했다는 뜻이다.

아니면 성공한 뒤 철수했거나.

그런데 괴물이 득실거리는 장소에 영토를 선언해서 무엇을 할 작정인지는 전혀 감이 잡히지 않았다.

'하이데거가 악명을 떨친 건 대혼돈이 시작된 다음이지.'

그전에는 별로 남아 있는 정보가 없었다.

다만, 하이데거는 특이한 시련을 깨는 걸 좋아했다. 지금의 움직임은 시련과 관련되어 있을 가능성이 높았다.

'무언가가 있다. 확신 없이 움직일 놈이 아니야.'

100명이 넘는 사람을 납치하고 마신의 영역까지 들어와서 진행할 시련이라!

군침이 돈다.

하이데거는 악명을 떨친 이후에도 밝혀지지 않은 점이 많았다. 불현듯 나타났다가 불현듯 사라졌으므로. 마신에게 죽었다느니 시련 도중 사망했다느니 하는 이야기가 있기는 했지만 그뿐이었다.

모두 소문에 불과했다.

하지만 하이데거는 모든 거대 집단의 추격을 받았을 정도로 화끈했다.

그만한 힘이 있었다.

그리고 그 힘의 원천이 되는 게 이곳에 있을지도 모른다.

무영은 생각을 정리하고 말했다.

"하이데거가 무엇을 하려는 건지는 알고 있나?"

"고대 유적과 관계되어 있다는 말은 있었어요. 그 외엔 아무것도 몰라요."

유적이라고 해도 종류가 많다.

어쨌든 역시 노림수가 있다.

이번엔 질문의 방향을 바꿨다.

"추적자가 몇 명일 거라고 생각하지?"

"추적자……요?"

"너를 쫓아올 하이데거의 동료를 말하는 거다."

잠시 고민하던 여인이 입을 열었다.

"열세 명이에요. 영토의 구슬이 없으면 영역 선포를 못 해요. 전부 저를 찾고 있겠죠."

훨씬 고분고분해진 태도였다.

다소 겁에 질려 있긴 했지만 괜히 나서서 발목을 잡는 것보단 낫다.

'열세 명과 하이데거라. 충분하겠군.'

무영은 고개를 끄덕였다.

"놈들을 유인해서 포사 무리와 부딪히게 만들어야겠다."

"예……? 그, 그건 위험해요."

"네 의견을 물으려는 게 아니다."

통보다. 또한 살 수 있는 최적의 방안이다.

그저 도망가는 것만 생각했던 여인이 몸을 한차례 떨었다. 유인하고 부딪히게 만든다는 게 말이 쉽지 아슬아슬한 외줄타기와 같다.

하지만 무영은 완고했다.

"살고 싶으면 길을 그려라. 놈들을 부딪히게 할 최적의 장소가 어디인지."

그리고 나뭇가지를 건넸다.

무법자 하이데거. 악명이 자자한 악당이다.

하나 무영도 악랄하기로는 그 못지않다. 과연 진짜 무법자가 누구인지는 겨뤄보면 알 것이다.

무영은 비탄과 법보 한 장을 꺼냈다.

'오우거의 힘.'

무한의 전장을 18단계까지 막아내고 얻은 보상 중 하나!

당장은 쓸 필요성을 못 느껴서 내버려 뒀지만 앞으로는 총력전이다.

포사 무리도 무법자 하이데거도 모두 섣불리 대할 수 없는 상대였다. 즉각적인 무력 상승을 위해선 법보를 사용할 수밖에 없다.

'장비 강화는 신중히 해야 한다.'

강화라고 모두 좋지는 않다.

잘못 사용했다간 독이 될 수 있는 게 법보를 사용한 강화다. 안 좋은 쪽의 특성이 발현하거나 내구 자체가 깎여 나갈 가능성이 분명히 존재한다.

무영은 법보를 자세히 들여다봤다.

곧 그에 따른 정보가 떠올랐다.

명칭: 오우거의 힘

등급: A

분류: 일회용

효과: 오우거의 힘이 서린 법보.

* 장비 강화

* 힘 5~10 증가

* 무작위 오우거 특성 발현

랜덤 요소가 짙다.

문제는 하나 더 있다.

어느 장비에 발라야 하는가.

강화용 법보도 호환이 좋은 장비가 있게 마련이다. 발현되는 특성 역시 장비와 관련된 것일 가능성이 높다.

'비탄.'

그리고 무영은 비탄을 택했다.

수리 불가에 내구 또한 많이 사용했지만 오우거의 힘 법보를 가장 최적으로 받아들일 장비는 비탄밖에 없다고 생각했다.

애당초 비탄만이 유일하게 힘 능력치를 올려준다. 그 정도로 힘 특성에 치우쳐 있다는 뜻이다.

오우거의 힘 법보도 마찬가지다.

또한, 무기만큼 파괴적인 면모를 보이는 장비는 없다.

무영은 오우거의 힘 법보를 비탄에 갖다 대었다. 이어 팅

기듯 두드리자 법보가 비탄으로 흡수되었다.

〈'비탄'의 강화가 시작됩니다.〉
〈'오우거의 힘' 법보와의 상성도가 매우 좋습니다.〉

비탄이 공중에 떴다. 색이 조금씩 변해갔다.
아니, 한층 더 어두워져 간다고 해야 할까.
이보다 더 새카말 순 없다고 여길 정도였다.
무영은 주먹을 꽉 쥐었다.
자신의 생각이 모두 옳을 리는 없다. 상성도가 좋다고는
하지만 전혀 예상하지 못한 방향으로 강화가 진행될 수도 있
는 것이다.
약간의 긴장과 함께 머지않아 비탄의 변화가 끝났다.

〈강화가 성공적으로 완료되었습니다.〉

짧은 글귀.
즉시 떨어지는 비탄을 낚아챘다.

명칭: 비탄
등급: A+
분류: 장착형

내구: 16,344(수리 불가)

효과: 다윗의 별, 그레모리의 시련을 달성한 자에게만 주어지는 검.

* 힘+5

* 적의 피를 흡수해 체력으로 전환한다.

* 힘+9

* 오우거의 잔인함(적을 죽일수록 힘 능력치 소폭 증가, 30분간 지속.)

꽈악.

주먹을 쥐었다.

법보를 사용한 결과는 상상 이상이었다.

힘+9!

최대 10이라고 하지만 10이 뜨는 경우는 어지간하면 없다.

단순한 확률의 문제가 아니다. 백 번 강화하면 한 번 뜰까 말까 한 게 최대치다. 9는 굉장히 훌륭한 결과라고 할 수 있고 무엇보다 등급이 올랐다.

플러스가 하나 붙었을 따름이지만 이는 장비의 격을 나타낸다.

+는 레어, ++는 유니크, +++는 에픽으로 최대 세 개의 구분으로 나뉘는데 하나만 붙어도 굉장히 훌륭한 것이었다.

하물며 A등급부터는 이런 보정이 되어 있는 게 거의 없었다.

발현된 특성도 나쁘지 않았다.

'말 그대로 오우거스러운 특성이군.'

죽이면 죽일수록 좋다.

비탄과의 상성이 높은 이유를 알겠다. 비탄의 기본 능력역시 피를 흡수해 체력으로 전환하는 것이었으니 서로 효율을 상승시키는 감이 없지 않아 있었다.

무영은 비탄을 쥐었다.

예전보다 더욱 손에 착착 감기는 감각.

'시작하자.'

천천히 걸었다. 발걸음이 전보다 조금은 가벼워졌다.

포사 무리의 포위망 안으로 걸어 들어갔다.

누군가는 죽으러 가는 게 아니냐고 말할 수도 있을 테지만무영에게도 나름의 작전이 있었다.

"검은 태양 전사, 너는 반대쪽에서 다수로 움직이는 사람들을 찾아라. 그들을 공격하고 지정된 장소로 유인해라."

검은 전신 갑주를 입은 데스 워리어가 바로 움직이기 시작했다. 검은 태양 전사라면 어지간한 충격에도 타격을 입지않는다. 날렵한 데다 강하기까지 하니 미끼로써는 더할 나위없다.

지금의 하이데거가 얼마나 강할지 모르는 이상 전면전은

금지였다.

검은 태양 전사가 떠나간 뒤 무영은 고개를 돌렸다.

이어서 법보 한 장을 꺼냈다.

'포사의 기세.'

땃쥐를 사냥하며 법보를 얻고 강화시켰듯이 포사 또한 같은 일이 가능하다.

하지만 땃쥐에 비하면 거의 안 뜨는 수준이었다.

괴물로서의 격이 다른 탓이다.

땃쥐 수백 마리가 있대도 포사 한 마리를 어쩌지 못한다.

여태껏 무영도 이거 한 장을 얻은 게 전부였다.

'이 한 장만으로 포사들을 착각하게 만드는 건 불가능하지만 나는 가능하다.'

무영은 이미 땅이나 바람도 되어봤고 약한 생명체 역시 되어봤다. 포사의 기세를 사용해서 제대로 감지만 할 수 있다면 모방하는 것쯤은 간단하리라.

쫘악!

무영은 법보를 찢었다.

그와 동시에 느낌이 고양되고 감각이 활성화됐다.

일전에 죽인 포사의 피를 묻혀 냄새를 지우고 상대했던 포사들의 행동 따위를 떠올리며 심장박동 소리마저 비슷하게 만들었다.

눈을 감고 천천히 음미했다.

포사를 속여 넘기려면 스스로를 인간이 아니라고 생각해야만 했다.

캬아아아.

캬아아아아아아아.

포위망을 구성했던 포사들이 무영을 향해서 다가왔다.

지척에 다가온 포사 몇 마리가 코를 킁킁대며 냄새를 맡았다.

귀를 쫑긋 세우고 소리를 듣고 장난식으로 툭툭 건드리기도 하였다.

하지만 무영은 움직이지 않았다.

캬아아아?

이내 포사들은 의아해할 수밖에 없었다.

분명히 사냥감이 이곳에 있었는데 감쪽같이 사라진 것이다.

무영을 '무리'로 인지한 것이었다.

'길게 유지할 순 없다.'

무영은 손을 바닥에 붙였다. 네 발로 움직이며 한동안 포사들과 어울렸다.

그러나 지속 시간은 길지 않다. 기껏해야 한 시간 정도일까.

그 안에 포사들을 완전히 따돌리는 건 불가능했기에 굳이 사용하지 않고 있었던 거다.

한 시간. 목적을 달성해야만 한다.

무영은 빠르게 무리를 탐색했다.

'있군.'

곧 포사의 새끼들을 발견하곤 눈에 이채를 띴다.

하이데거.

텁수룩한 수염과 챙이 긴 카우보이 모자. 전형적인 서구의
전통 무법자를 떠올리게 만드는 모습으로 그가 평야를 걸었
다. 그의 주변으로 열두 명의 부하가 따르고 있었다.

"대장, 너무 깊숙이 들어온 거 아닙니까?"

근처에 있던 부하 한 명이 물었다.

하나 하이데거는 눈살을 찌푸린 채 이를 갈았다.

"왜인지는 모르겠지만 괴물들의 영역이 재편성됐다. 지금
은 괜찮아. 그보다…… 알렉스! 그년의 위치가 어디라고?"

알렉스라고 불린 남자가 반으로 나뉜 영토의 구슬을 들곤
답했다.

"이쪽으로 가면 분화구 방향인데요."

"분화구? 떨어져서 자살이라도 할 셈인가?"

"구슬을 용암으로 처리하려는 거일 수도 있지 않겠습
니까?"

탁.

하이데거가 이마를 짚었다.

'그년이 미치지 않고서야!'

잠시 나간 사이에 웬 미친 여자 한 명이 구슬 반쪽을 들고 튀었다.

구슬을 지키던 부하 한 명이 졸다가 생긴 일이었다.

홧김에 부하의 목을 베었지만 후회는 없었다.

다만, 영토의 구슬을 찾는 게 까다로워졌을 따름이었다.

어쨌든 불안하다.

자신의 통치는 완벽했다. 완전한 무력이 가미된 초인의 공포를 제대로 맛보게 해줬건만.

미치지 않고서야 어찌 도망갈 수 있단 말인가.

약자 100명을 도시에서 납치하고 마신의 영역까지 데려왔다. 도중 반항하는 자는 모두 죽었다.

약자 몇 명이 죽건 신경 쓸 사람은 거의 없었으므로.

그렇게 하이데거는 자신만의 성을 쌓았다.

살아남은 노예는 충실하게 시키는 일만 했다.

'거의 다 왔건만……!'

하이데거가 으스러져라 주먹을 쥐었다.

이제 곧 영역 선포를 할 수 있었다.

영토의 구슬로 영역 선포를 하려거든 그에 걸맞은 특수한 상징물이 필요했다. 예컨대 대도시의 하늘 도서관이나 각종

도시의 '중심'이라 할 수 있는 것들이 그러했다.

마신의 영역에 그런 게 있을 리는 없었으므로 직접 만들 필요가 있었다. 그리고 거의 완성 직전이었다.

한데 하필이면 완성 전에 미쳐 버린 여자가 나타날 줄이야.

'구슬을 분실하면 쉽게 죽진 못할 것이다. 살아 있는 걸 후회하게 해주지.'

하이데거가 이를 바드득 갈았다.

그렇게 얼마나 길을 걸었을까.

척.

하이데거가 멈춰 섰다.

그를 따라 나머지 12명의 부하도 숨을 죽였다.

"뭔가 온다."

"괴물입니까?"

"생명체는 아니야. 이 느낌…… 언데드로군."

하이데거는 확신했다.

죽은 자의 기운이 강하게 느껴졌다. 이런 경우는 언데드밖에 없다.

"예? 언데드요?"

"어디서 리치라도 나타난 겁니까?"

모두가 호들갑을 떨었다.

리치는 불타르와 맞먹는 괴물이지만 불타르보다 까다로운 상대다. 수백, 수천의 언데드를 동시에 부려서 적이라 규정한 상대를 말살한다.

리치 하나가 어지간한 군대와 맞먹는다는 이야기가 괜히 있는 게 아니다.

걸리면?

당연히 살아남지 못한다.

천하의 하이데거가 있대도 마찬가지다.

"리치는 아니다. 더 약한 놈이다."

하지만 하이데거는 고개를 저었다.

그는 본능적으로 자신보다 강하고 약하고를 구분해 낼 수 있었다.

그래서 온갖 범죄를 저질러도 오랜 시간 살아남을 수 있었던 것이다. 그리고 지금 감각에 걸린 언데드는 언데드치곤 강하지만 자신보단 약하다.

하나 조심해야 한다. 왠지 모르게 꺼림칙한 기분이 들었다. 그냥 지나가면 모르겠으나…… 처음부터 하이데거를 노렸다는 듯 일직선으로 다가오는 중이었다.

"무기를 들어라. 이쪽으로 온다."

먼 방향에서 검은 갑주를 입은 언데드 전사가 모습을 드러냈다.

'데스 워리어?'

놈은 하이데거가 시야에 들어오자마자 달려왔다. 검은 검을 뽑고 등 뒤엔 검은 날개가 펼쳐졌다.

저렇게 생긴 데스 워리어는 본 적이 없었다.

하지만 부딪히는 건 필연이었다.

좌르릉!

하이데거가 양손에 검을 들었다.

무영은 새끼 포사를 유인하고 납치했다. 그리고 방향을 바꿔서 분화구 쪽으로 발걸음을 옮겼다.

"오, 오셨군요."

영토의 구슬을 든 여인이 분화구 위쪽에서 몸을 떨며 대기하는 중이었다.

그다지 크지 않은 화산이지만 용암이 끓어대고 있었다.

그 위를 사람 몸통만 한 괴물들이 날아다녔다.

"파이록은 전투적인 괴물이 아니다. 무서워할 필요 없다."

"아, 아무리 그래도……."

여인이 분화구 쪽으로 시선을 돌렸다.

박쥐의 날개를 지닌 도마뱀. 바로 파이록이었다.

몇 안 되는 평화적인 괴물.

화산 분화구 안에서 살아가는 굉장히 신비한 종으로서 밝혀진 정보가 얼마 없었다.

애당초 희귀종이라 숫자도 많지 않다.

하지만 그걸 모르는 여인은 벼랑 끝에 선 심정으로 무영을 기다릴 수밖에 없었다.

"그런데…… 그 천은 뭐죠?"

다시 시선을 옮긴 여인이 물었다.

무영은 천을 둘둘 말아서 들고 있었다.

별거 아니라는 듯 무영이 답했다.

"포사의 새끼다."

"네? 그, 그러다가 포사들이 오면 어떻게 하려고요?"

여인은 기겁했다.

포사는 새끼를 아낀다. 새끼를 건드리면 무리 전체가 달려든다.

"그러려고 데려온 것이다."

무영도 잘 알고 있다. 덕분에 의도치 않은 추격전을 벌이지 않았던가.

하지만 지금은 포사의 복수심을 이용할 차례였다.

'오고 있군.'

검은 태양 전사가 이쪽으로 다가오는 기척이 느껴졌다. 거리는 멀지만 데스 로드의 권능과도 같았다.

무영은 천을 열었다.

캬아.

팔뚝만 한 핏덩이 하나가 가늘게 울었다.

무영은 비탄을 꺼냈다.

"잠깐……!"

여인이 외치기 무섭게 비탄이 움직였다.

촤아악!

새끼 포사의 목이 잘려 나갔다.

눈 깜빡할 사이에 벌어진 일.

무영은 전혀 흔들림이 없었다. 당연히 해야 할 일을 처리한 것처럼 자연스러웠다. 이미 포사와 무영의 관계는 돌이킬 수 없는 강을 건넜다.

작은 씨앗 하나 남기지 않아야 이 전쟁이 끝난다.

무영은 머리와 몸통을 자루 안에 넣었다.

그 장면을 여인이 제3자의 입장에서 멍하니 바라보고 있었다.

부르르!

'미쳤어!'

그러곤 전율했다.

포사는 무리 생활을 하고 공통으로 새끼를 양육한다. 모두가 부모인 셈이다.

하물며 수십 ㎞ 안이라면 새끼가 어디에 있어도 찾아낼 수 있었다. 피 냄새가 자욱하게 번지기 시작했으니 포사 무리가 동시다발적으로 분화구를 향해 달려오고 있을 것이다.

그럴 걸 뻔히 알면서도 저러고 있다.

한 치의 망설임 없는 행동.

여벌의 목숨이라도 있단 말인가?

그러거나 말거나 무영은 뇌전술사를 소환했다.

"뇌전술사, 여기서 자루와 여자를 지켜라."

끄덕!

소녀의 모습을 한 뇌전술사가 고개를 주억거렸다.

뇌전술사는 수성 능력이 뛰어나다.

몰아치는 번개의 폭풍을 뚫기는 쉽지 않은 일.

시간을 충분히 끌어줄 것이다.

"도깨비가 어떻게 언데드를 다루는 거죠?"

가만히 그 모습을 지켜보던 여인이 말했다.

도깨비는 자연력을 사용하는 종족이다. 불, 물 따위를 움직이는 데 특화되어 있다.

반면 언데드는 자연을 거스르는 괴물이다.

죽음에서 살아난 자.

도깨비가 다룰 수 있는 힘과는 분명히 거리가 멀었다.

하지만 눈앞의 도깨비는…….

'모르겠어.'

여인은 내심 고개를 내저었다.

함께 다니며 고민을 이어 나갔지만 이런 도깨비가 존재한다는 건 들어본 적도 없다.

간혹 도깨비의 왕 중에서 특출한 이가 나왔다는 소문은 접해본 적이 있어도 언데드를 다루는 도깨비가 있다는 건 상상조차 못 한 일이다.

"구슬을 들고 있어라. 다가오는 모두가 볼 수 있도록."

무영은 여인의 물음에 답하지 않았다. 누가 자신을 무엇으로 보건 그것은 전혀 상관없는 일이다.

그 말을 듣고 여인의 눈썹이 꿈틀댔다.

"지금 저보고 죽으라는 건가요?"

영토의 구슬을 뻔히 들고 있으라니, 명백히 하이데거를 도발하는 행위다. 가장 먼저 여인부터 죽일 게 분명했다.

무영은 역시나 대답하지 않았다. 대신 등을 돌렸다.

"놈들이 온다."

놈들.

하이데거와 그의 동료들이다.

여인은 목을 긁었다. 긴장으로 인해 침마저 삼켜지지가 않았다. 머릿속이 복잡했다. 무엇 하나 정상적이지 않았다.

그야말로 엉망진창!

하지만 한 가지는 알겠다.

'제정신이 아냐.'

눈앞의 도깨비는 미친 게 틀림없다. 제정신이 제대로 박혔다면 이런 도박을 할 리가 있겠나.

포사 무리는 어지간한 괴물도 피해간다.

그리고 하이데거는 마계에서 5년 이상 살아남은 베테랑이다. 잡혀온 사람들의 실력이 별 볼 일 없다고 하더라도 소리

소문 없이 마신의 영역까지 건너온 그의 수완은 무서운 것이었다.

도깨비가 아무리 강하다한들 그들 모두를 감당할 수 있을 것 같진 않았다.

'도망가는 순간 죽겠지.'

그러나 도깨비는 무정하다. 감정이 없는 것만 같았다.

도망가는 걸 가만히 지켜보진 않을 터. 새끼 포사를 죽인 것처럼 눈 하나 깜짝하지 않고 베어버릴 것이다.

여인은 용기를 내서 다시금 물었다.

"도깨비…… 님, 계속 도깨비 님이라고 부르기도 이상하니까 이름을 알려주세요. 제 이름은 아타샤예요."

인간과 도깨비가 이름을 교환한다.

퍽 웃기는 이야기지만 여인은 그만큼 간절했다. 이 긴장감을 해소하기 위해서라면 도깨비의 사소한 거라도 알고 싶었다.

아무것도 모른 채로 그저 기다리기만 하는 건 너무나도 두려웠다.

동시에 처음으로 여인이 고대하던 대답이 들려왔다.

"알 필요 없다."

하이데거의 머리칼이 바람에 흩날렸다.

데스 워리어의 검이 아슬아슬하게 목 줄기를 훑었다.

'휘유!'

아슬아슬했다.

하지만 아무리 그래도 데스 워리어다. 아주 강력하다고는 할 수 없는 언데드. 하이데거 혼자서도 그럭저럭 상대할 수 있었다.

'방어력이 엄청나군.'

문제는 갑옷이었다.

베고 찔러도 흠집 하나 안 난다. 어지간한 무기로 저 갑옷을 부술 수 있을 것 같지는 않았다.

'리치가 만든 건 아니야. 데스 워리어를 이렇게 공들여서 만들 리가 없다.'

거리를 유지한 채 데스 워리어를 살폈다.

삐까뻔쩍 눈이 휘둥그레질 등급의 무장이었다.

저만한 무장을 데스 워리어에게 준다고?

리치는 언데드의 종주다. 리치도 급이 있긴 하지만 일반적으로 데스 워리어 따위는 수없이 만들어낼 수 있다.

반면 데스 나이트와 같은 최상위 종은 만들기가 까다롭다. 어지간한 리치도 데스 나이트 한 기 이상을 가지고 다니는 경우는 드물다.

하여튼 저만 한 스킬과 장비를 몰아주겠다면 최소 상위급 이상의 언데드에게 주는 게 맞았다.

말 그대로 부자(rich)가 아닌 이상 말이다.

'괜찮은 조크로군.'

작게 웃으며 다시금 쌍검을 휘둘렀다.

화르륵!

데스 워리어의 등에서 빛이 솟구쳤다. 그리고 왜인지 물러나기 시작했다.

"도망가는 거냐?"

쯧!

작게 혀를 찼다.

하지만 눈빛은 무척 흥미롭게 데스 워리어를 바라보고 있었다. 녀석의 뒤에 있는 게 리치만 아니라면 박살 내도 상관은 없을 것이다.

전심전력으로 부순다.

그리 마음먹은 순간 하이데거가 양손에 든 검으로 자신의 심장을 찔렀다.

푸욱!

"꺼억……!"

하이데거가 고개를 푹 숙였다.

이윽고 갈린 상처의 틈으로 붉은 촉수가 튀어나왔다.

정확히는 심장에서 뽑아진 그것이 이내 하이데거의 전신을 감쌌다.

수백, 수천의 촉수가 갑옷처럼 견고하게 만들어졌다.

그리고 하이데거가 숙였던 고개를 들었다.

"피, 피해."

"왜 아무런 말씀도 없이 변태를……!"

파앙−!

말을 꺼내던 남자의 머리를 후려쳤다.

수박 터지듯 박살 나며 피가 사방에 튀었다.

하지만 동료를 죽인 하이데거는 아무 일도 없었다는 듯 눈살만 구겨 보였다.

"매번 생각하는 거지만 변할 때 느낌은 정말 더럽군."

빠득! 빠드득!

몸을 풀었다.

이후 공포에 절은 동료들에게 말했다.

"너희는 그 여자에게 가서 영토의 구슬을 회수해라. 저 언데드는 내가 맡겠다."

"아, 알겠습니다."

열 명이 넘는 남자가 도망치듯 빠져나갔다.

하이데거는 저 멀리 떨어진 데스 워리어에게 시선을 줬다. 입가에 진득한 미소를 담고서.

쾅!

순식간에 뒤를 잡은 하이데거가 주먹으로 데스 워리어를 때려눕혔다.

데스 워리어가 멀리 날아가더니 바닥에 푹 박혔다.

하지만 데스 워리어는 오뚝이처럼 다시 일어났다.

"그 견고한 갑옷이 지금의 나를 막을 수 있을까?"

미소가 더욱 짙어졌다.

마계는 본래 법이 없다.

강자존. 약자도태가 당연시 되는 세상. 그런 세계에서 하이데거는 무법자라고 불린다. 그가 얼마나 악랄한 존재인지 알 수 있는 대목이다.

백 명을 넘는 사람을 납치한 정도는 아무것도 아니다.

동료?

동료란 단어가 우습다. 노예를 감시하기 위해서 들인 소모품에 불과하다.

쾅! 쾅! 콰앙!

일방적인 폭력이 시작됐다.

데스 워리어는 막아내는 게 고작이었다.

"깜둥아, 지금 내 모습을 봐라. 아름답지 않느냐?"

자기애.

하이데거에겐 그런 게 있다. 그는 인간의 탈을 벗어난 지금의 모습을 매우 좋아했다.

인간이 정한 모든 틀에 규정되지 않는 기분. 그 해방감, 고양감은 이루 말할 수 없는 것이었다.

"추하군."

"……?"

한데, 그 순간이었다.

뒤쪽에서 웬 정체 모를 놈이 하이데거의 자기애를 부정했다.

붉은 투구와 망토를 착용한 괴인.

"넌 뭐냐? 내 스타일을 그새 따라한 거냐?"

하이데거의 전신은 새빨간 촉수가 뒤덮고 있다.

나타난 괴인 역시 붉은 계열의 장비를 착용해서 농담 삼아 던진 것이다.

하지만 상대의 목소리는 무미건조하기 그지없었다.

"일어나라."

수우웅.

온갖 언데드가 주변에서 생성되었다.

방금 전 머리가 터져서 죽었던 하이데거의 동료가 되살아 났다.

하이데거의 표정이 굳었다.

시체술사는 불가능한 이적. 이런 게 가능한 괴물은 하나뿐이다.

"……리치?"

무영은 하이데거를 바라봤다.

데스 워리어, 검은 태양 전사는 하이데거를 상대할 수 없었다. 비록 무영이 지난 15일간 급격하게 강해졌다고 하지만 그래 봐야 검은 태양 전사와 동급의 수준이다.

여기서 무영과 모든 언데드가 합세해도 승률은 30% 정도.

'역시 과거보단 훨씬 약하다.'

하이데거는 대혼돈 이후 진정으로 악명을 떨치기 시작했다. 그때 선보인 힘은 인류 10강은 아니어도 100강에는 들어갈 수준이었다.

당시의 힘을 그대로 보유했다면 검은 태양 전사가 진즉에 부서졌을 것이다.

그게 아니라서 30%의 승률이라도 점칠 수 있는 거고.

마계에서 10년은 천지가 바뀔 만큼 길다.

그때를 생각하면 비교할 수 없이 약한 게 당연하다.

'놈은 신중하지. 아는 게 많고. 그래서 착각할 것이다.'

예상은 적중했다.

하이데거는 무영을 리치로 착각했다.

리치는 최상급의 괴물. 군단을 부리는 언데드의 종주다. 혼자서 리치를 상대할 수 있는 사람은 거의 없었다.

고위급 신성한 축복을 부여받은 정예 성기사 50명이 있어야 일반적인 리치 하나를 상대할 수 있다는 통계가 있을 정도였다.

게다가 무영은 하이데거의 성격을 조금이나마 알고 있었다.

하이데거는 절대로 모험을 하지 않는다. 그러니 섣불리 달려들지는 못할 터였다.

"리치가 왜 이곳에 있는 거냐? 이곳은 언데드가 있을 법한 땅이 아닐 텐데?"

백에 달하는 언데드를 견제하며 하이데거가 신중하게 말했다.

'착각하고 있다면 마땅히 이용해야겠지.'

직접 부딪히면 승률이 더 낮다.

위험을 무릅쓰는 것보다 착각을 이용하는 게 낫다고 판단했다.

"분화구 근처는 모두 나의 땅이다. 너는 이곳에서 내가 부리는 언데드를 공격했다."

"뭐? 저놈이 먼저 나를 공격했단 말이다!"

하이데거는 속이 바짝 탔다.

뺨 맞고 사과를 종용당하는 기분이었다.

리치의 모습치곤 특이하긴 하지만 언데드를 만들고 부린다면 반박할 여지가 없었다.

무영이 자신의 기세를 완벽하게 숨기고 있었기 때문에 강자인지 약자인지 읽히지도 않았다.

주변에 있는 언데드도 사실 그다지 격이 높진 않았다. 그래서 헷갈렸다.

그러나 한 번의 실수가 생사를 가른다.

'이 영역을 차지한 지 얼마 안 되었겠지.'

분화구는 본래 파이록의 영역이다.

아니, 무간섭 지역이라 말하는 게 더 어울리겠다.

리치가 그곳의 주인이라는 건 금시초문이었으니 분화구를

차지한 지 얼마 안 되었다는 뜻이었다.

그렇다면 언데드의 질이 낮은 것도 이해할 수 있다.

물론 덤빌 순 없다. 리치는 혼자 있어도 강하다.

생각하면 할수록 머리가 아파지는 문제.

그것을 알기에 무영은 한 박자 쉬고 말했다.

"죽음으로 갚아라."

"워워! 진정해. 나는 너와 싸울 생각이 없다고. 못 본 척해 주면 조용히 지나가지. 어떠냐?"

싸울 의사가 없다는 듯이 하이데거가 양손을 들었다. 표정에 다급함이 묻어났다. 하이데거는 자기애가 깊다. 당연히 스스로의 목숨을 무엇보다 소중하게 여긴다. 질 것 같은 싸움은 하지 않는다는 게 그의 신조다.

그의 악랄함은 어디까지나 약자에게 편중되어 있었다.

무영은 잠시 고민하다가 손가락 하나를 들어 올렸다.

"좋다. 그러나 한쪽만 살려줄 것이다."

"한쪽만?"

"고양이들이 내 영역에 들어왔다. 분화구를 향해 달려가고 있더군. 녀석들을 하나하나 처리하는 건 매우 하찮고 귀찮은 일이다."

그러니 네가 제거해라.

마치 선심이라도 쓰는 것처럼 이야기했다.

"분화구? 아……!"

하이데거가 한참 전 동료와 했던 이야기를 떠올렸다.

여자가 분화구 쪽에 있는 것 같다고.

'이런 젠장!'

하이데거의 머릿속에 경종이 울렸다.

15장
멀록왕, 멀더던

이곳에서 고양잇과 괴물이라면 포사뿐이었다.

포사들이 왜 분화구를 향해 달려가는 건지는 모르겠지만 결코 좋은 이유는 아닐 것이다.

여자가 죽고 구슬을 분실한다면?

하이데거의 머리가 빠르게 돌았다.

어차피 전투를 벌일 거라면 영역의 주인에게 허락을 구하는 게 낫다. 리치가 눈만 감아준다면 들고양이야 얼마든지 제거할 수 있으니까.

"고양이들을 제거하지. 그래도 영역이 조금 소란스러워질 텐데."

"나는 참을성이 많지 않다."

무영의 무감정한 눈이 하이데거에게 향했다.

시간을 끌어선 곤란하다는 뜻.

일이 괜찮은 방향으로 풀린다고 생각한 하이데거가 시원스럽게 고개를 주억거렸다.

"그건 문제가 없다. 포사가 수십이 있어도 내 상대는 안 돼. 대신 죽은 자의 맹약을 해줬으면 좋겠군."

죽은 자의 맹약.

죽음을 거스른 자들을 산 자가 속박할 수 있는 유일한 약속이다.

혹시 모를 일을 위한 대비.

누구도 믿을 수 없다는 발로에서 나온 발상이었다.

죽은 자의 맹약은 주로 시체술사들이 사용하는 방법인데 그를 위해선 필수적인 물건이 있었다.

하이데거가 자연스럽게 품을 뒤지며 해골 반지 두 개를 꺼냈다. 그리고 혹시 리치의 심기를 건드릴까 싶어서 조용히 덧붙였다.

"맹약만 해준다면 망할 고양이가 몇 마리든 제거해 주겠다."

무영은 내심 웃었다.

방비는 좋다.

하이데거는 확실히 베테랑이라고 할 만했다. 마계에서 뒤를 맞는 건 허다한 일이었으므로.

그러나 죽은 자의 맹약 반지는 아무런 강제성도 줄 수 없다. 애당초 무영은 죽은 자가 아니기 때문이다.

극도의 조심성이 오히려 독으로 작용할 수도 있다는 걸 하이데거는 알까?

무영은 해골 반지를 끼고 적당히 말했다.

"내 영역을 침범한 포사 무리를 모두 없앤다면 네놈의 목숨은 보장해 주마."

"나도 이 이후로는 이곳을 침범하는 일이 없도록 하지."

하이데거는 맹약이 이뤄졌음을 믿어 의심치 않았다.

하이데거가 진짜 시체술사였다면 만약을 위해 반지 몇 개를 더 준비하고 확인하는 시간을 가졌겠지만 그럴 틈도 없거니와 지식도 부족했다.

여기까지가 그가 할 수 있는 최선이고 한계였다.

투악!

즉시 자세를 잡더니 바닥을 찼다.

급한 게 느껴졌다.

쏜살같이 쏘아져서 순식간에 무영을 지나쳐 간 것이다.

그 뒷모습을 바라보며 무영은 입가를 살짝 일그러뜨렸다.

'일이 잘 풀렸군.'

전투를 하며 살살 유도할 작정이었는데 그러지 않아도 되었다.

시체술사들이 사용하는 죽은 자의 맹약 반지를 꺼낼 줄은 몰랐지만 어차피 무영은 죽은 자가 아니어서 상관이 없었다.

그리고 저 착각과 방심이 그의 목을 조일 것이다.

'끝났다고, 이겼다고 생각할 때가 가장 방심할 때다.'

상대를 암살할 수 있는 최적의 순간은 어느 때일까?

굶주렸을 때?

힘이 다해 쓰러져 있을 때?

모두 아니다.

바로 상대가 목적을 달성했다고 믿을 때다.

포사 무리가 수십이라고 생각하겠지만 족히 백을 넘는다. 하이데거조차 쉽지 않은 싸움이 되리라.

그리고 모든 게 끝났다고 믿는 순간…….

"분화구로 통하는 길목을 막아라. 단 하나도 살아나오지 못하게 하라."

언데드들이 넓게 퍼졌다.

무영은 홀로 움직였다.

펄럭!

망토가 바람에 흩날렸고 무영은 바람과 동화되었다.

캬아아아아!

새끼의 죽음을 보고 포사들이 분노했다.

이빨을 세우고 순식간에 주변을 점거하였다.

콰릉!

파지직. 파지직.

뇌전술사가 펼친 번개의 장막조차도 아랑곳하지 않았다.

포사들은 자신의 털과 살을 태우며 무작정 전진했다. 오로지 복수하겠다는 일념. 새끼에 대한 분노가 포사의 사냥 본능을 일깨웠다.

이미 열 명에 달하는 시체가 그 주변에 널브러져 있었다.

아슬아슬하게 먼저 도착한 하이데거의 동료들이 포사에게 둘러싸여 그대로 난도질당한 것이다.

"이 들고양이 새끼들! 썩 꺼져라!"

하이데거가 기가 막힌 타이밍에 난입했다.

포사들이 시선을 돌렸다.

인간은 적이다. 갑작스럽게 나타난 하이데거 역시 마찬가지다.

하지만 하이데거의 눈에는 포사들이 거의 들어오지 않았다.

"네년……!"

여자가 들고 있는 영토의 구슬에만 시선이 갔다. 여자는 영토의 구슬을 번쩍 들어 올린 채 눈을 감고 있었다.

하이데거의 마음이 급해졌다.

캬오오오오!

포사 한 마리가 날카로운 발톱을 세워 하이데거의 신체를 긁었다. 몇 개의 촉수가 끊겼지만 빠르게 재생되어 빈자리를 채웠다.

파아앙-!

무릎을 굽힌 하이데거가 자신을 물어뜯은 포사의 옆구리를 때렸다. 공기가 터지는 소리와 함께 포사의 옆구리에 구멍이 뚫렸다.

"기다려라."

그제야 포사들이 표적을 바꿨다.

이곳에서 가장 강한 인간이 하이데거임을 알아본 것이다.

쾅! 쿠우웅! 파직!

한 번의 주먹질에 한 마리의 포사가 나가떨어졌다.

하지만 포사들은 죽음을 두려워하지 않았다.

어지간한 괴물도 포사는 건드리지 않는 게 이런 이유다. 한 번 분노하면 모든 포사가 죽을 때까지 달려들기에 혀를 내두르는 것이다.

반면 하이데거는 혼자였다.

사방팔방에서 덮쳐 오는 포사를 전부 막을 순 없었다.

"크아아악! 이 귀찮은 놈들!"

하이데거는 자신이 지리라고 생각하지 않았다.

다만, 재생되는 것보다 입는 타격이 더욱 컸다. 몸을 둘러싼 촉수가 잘려 나갈 때마다 하이데거의 힘도 크게 줄었다.

아예 들러붙어서 목을 무는 녀석들도 있었다.

그러나 최후의 승자는 하이데거였다.

장장 한 시간여의 사투 끝에 그가 오롯이 섰다.

백 마리가 넘던 포사가 전멸했고 하이데거 역시 멀쩡하진 못했다.

"훅…… 훅……."

촉수도 더는 재생되지 않았다. 눈 한쪽도 실명했다.

하지만 이겼다는 게 중요하다.

그리고 그가 찾고 있는 건 눈 한쪽보다도 더욱 중요하였다.

"개 같은 년, 감히 내 것을 가져가?"

"사, 사, 살려주세요."

여자, 아타샤가 겁에 질려 무릎을 꿇었다.

아타샤를 지키던 뇌전술사는 어느새 사라져 있었다.

하지만 이성이 마비된 하이데거는 그것을 중요하게 여기지 않았다.

하이데거가 여인의 머리에 손을 올렸다.

"짖으라면 짖고 기라면 길게요. 제발! 제발 목숨만……."

"한 번 도둑질한 년은 두 번도 할 수 있다."

조금씩 손에 힘을 줬다.

여인이 몸을 비틀었지만 하이데거는 손아귀를 절대 풀지 않았다.

머리에 피가 **빠르게** 몰렸고.

콰득!

터졌다.

하이데거는 뇌수가 묻은 손을 한 차례 털어낸 뒤 데구르르 떨어지는 영토의 구슬을 집었다.

죽은 동료의 품에서 나머지 반쪽을 찾아 하나로 합쳤다.

'찾았으면 됐다.'

하나의 형태로 완성된 구슬을 바라보며 하이데거가 크게 웃었다.

눈 하나를 실명하고 모든 동료를 잃은 것도 이 구슬 하나의 값어치에 비하면 싸다.

'나는 왕이 될 것이다.'

우연히 발견한 고대의 시련.

하이데거는 이곳에 성을 쌓고 왕이 될 작정이었다. 이 구슬은 그 기초를 다지게 해줄 아주 중요한 물건이다.

'왕의 힘. 그것을 내 것으로 만들 수 있다면……'

상상만으로도 전율이 인다.

무법자가 아닌 무법의 왕으로서 군림하리라!

일처리를 끝냈으니 이제 돌아갈 일만 남았다.

어깨에 힘을 푼 그때였다.

푸욱!

갑작스러운 일격.

기척이 느껴졌다.

하지만 눈치챘을 땐 늦었다.

가까스로 치명상은 피했지만 신체가 꿰뚫리는 감각은 그

대로 맛보았다.

"너, 넌?"

재빨리 몸을 돌려서 상대방을 확인한 하이데거가 크게 놀랐다.

"리치!"

"나는 리치가 아니다."

무영은 사실을 말해줬다.

"뭣……!"

하이데거는 어이가 없었지만 무영은 그 어이없어 할 틈도 주지 않았다.

'그림자 이동.'

하루 세 번 상대의 그림자로 이동하는 능력.

"이, 개새끼가!"

촤르릉!

무영이 던진 단검을 하이데거가 쳐냈다.

단검이 하늘 높이 치솟았고 그 즉시 하이데거가 반응했지만 무영이 조금 더 빨랐다.

'가속.'

헤르메스의 신발로 말미암아 무영은 3초간 2배 빨라질 수 있다. 지칠 대로 지치고 방어력마저 크게 떨어진 하이데거는 무영의 공격을 막을 수 없을 터.

파아악!

하이데거가 등을 돌려 무영을 노림과 동시에 무영은 다시 한번 그림자 이동을 사용했다.

바로…… 하이데거가 쳐 낸 단검의 그림자로 이동한 것이다.

단검의 그림자는 하이데거의 머리에 생겨났다.

그림자만 있다면 무영은 눈에 닿는 어디라도 이동할 수 있다.

푸욱!

비탄이 정확히 머리를 찔렀다.

촉수가 막아섰지만 힘이 한참 강화된 무영의 공격은 모든 방어벽을 뚫어냈다.

털썩!

끝까지 믿기지 않는다는 눈초리로 하이데거가 쓰러졌다.

무영은 투구를 벗었다.

무영의 얼굴을 확인한 하이데거의 눈동자가 더할 나위 없이 커졌다.

"너…… 리치가 아니었…….'

천천히.

고꾸라지는 하이데거의 머리를 붙잡았다.

"살길 원하느냐?"

무감정하기 짝이 없는 눈빛.

늪이다. 늪이 하이데거를 집어삼켰다.

하이데거는 천천히 마지막 힘을 짜내 고개를 끄덕였다. 아무리 다른 이를 많이 죽여도 자신의 목숨은 소중한 법이다.

"약속대로 살려주마."

그와 동시에 죽어가는 하이데거의 눈에 실낱같은 희망이 생겼다.

아아!

그래. 리치가 아닌들 어떤가.

죽은 자의 맹약 반지가 있었다. 분명히 반지를 사용해서 약속했다.

고양이들, 포사를 모두 제거하면 살려주기로!

지금이라도 늦지 않았다. 살려만 준다면 높은 재생력으로 살아날 수 있다.

하이데거는 바라고 또 바랐다.

살기를 희망했고 그 희망은 온전히 무영이 쥐고 있었다.

하지만 애석하게도 무영은 죽은 자가 아니라 죽은 자의 맹약 반지가 통하지 않았다.

무영은 죽은 자의 맹약 반지를 뺐다. 바닥에 버리고 짓밟았다. 그리고 조용히 속삭였다.

"생시로 말이다."

죽은 것도 산 것도 아닌 언데드.

그걸 살아 있다고 해야 할까.

그러나 반박조차 할 수 없었다.

하이데거는 영혼이 빨려 들어가는 기분을 느끼며 정신을

놓았다.

〈인간을 벗어던지길 바랐던 자. 규율에 얽매이지 않는 자.〉
〈'하이데거'가 생시로서 재생됩니다.〉
〈예술 점수 81점〉

이름: 하이데거
레벨: 137
성향: 어보미네이션
힘 140(131+9)
민첩 121(112+9)
체력 155(146+9)
지능 109(100+9)
지혜 111(102+9)
마법 저항 97(88+9)
+높은 재생력.
+심장에 따른 추가 능력치(워 울프의 심장. 모든 능력치+9).
+촉수의 춤, 근력 강화 스킬 사용 가능.

지금껏 만든 언데드 중에서 가장 강했던 검은 태양 전사를 훨씬 뛰어넘었다.

하이데거가 시종일관 검은 태양 전사를 압도한 걸 떠올리면 당연한 일이었다.

'스킬 랭크가 낮아서 한계가 있는 모양이군.'

하지만 예상보다는 덜하다.

아마도 죽음의 예술이 C등급밖에 안 되기 때문에 하이데거의 강함을 제대로 반영하지 못한 듯싶었다.

그래도 이 정도면 충분했다.

죽음의 예술 스킬이 만능에 가깝다고 하더라도 제한 없이 강자를 그대로 재현해 낼 수 있다면 그것이야말로 신의 권능이다.

랭크를 올릴수록 어찌 될지는 모르지만 아직 그 정도는 아니라는 말.

하나 80점이 넘는 건 검은 태양 전사가 마지막이었으므로 분명 의미가 있었다.

무엇보다…….

"영토의 구슬은 어디다가 사용하려고 했지?"

상처가 재생된 하이데거가 한쪽만 남은 눈을 떴다.

"왕, 멀더던의 유물. 묻혀 있다."

하이데거가 툭툭 끊기는 목소리로 답했다.

무영은 주먹을 으스러지게 쥐었다.

예상대로 하이데거는 중요한 시련을 달성하는 중이었다.

멀더던 왕의 유물이라니!

'허.'

의외다.

멀더던은 고대 멀록의 왕이다.

멀록이 아무리 하급의 약한 괴물이라 하지만 멀더던은 그 중에서도 굉장히 특출한 괴물이었다. 마계에서 간혹 찾을 수 있는 고대 문헌에도 몇 번은 등장할 정도였으니.

최상급의 괴물들도 멀더던 왕은 피해 갔다고 한다.

멀더던이 멀록의 왕으로 있을 때에 멀록은 지금보다 강력했으며 여러 가지 이적을 발휘했다 전해진다.

물론 글자로 존재하는 이상 전부 사실은 아닐 것이다.

하나 반만 사실이라도 대단한 일이다.

그 이상의 자세한 사항은 알 수 없지만 멀더던 왕이 남긴 유물이라면 결코 평범한 물건은 아닐 터.

하이데거가 위험을 무릅쓰고 마신의 영역에 들어온 게 이해되었다.

그로서는 반드시 영토의 구슬을 찾아야 했다.

'영토를 지정하고 안정화한 뒤 유물을 발굴하고 싶었겠지.'

어쩌면 10년 후 하이데거가 그만한 힘을 선보인 데에 결정적인 역할을 한 게 그 유물일지도 모른다.

심장이 빠르게 뛰었다.

'완벽하다.'

무영은 시선을 옮겼다.

하이데거의 오른쪽 손목에서 상태창 시계가 계속해서 돌

아가고 있었다.

완전히 죽지 않고 생시로 살아났기에 업적 또한 유지되고 있다는 증거였다.

시련을 달성하고 멀더던 왕의 유물을 고스란히 얻을 기회.

하이데거를 생시로 만들고 유물까지 얻는다?

그야말로 일석이조다. 이보다 더 완벽할 순 없다.

"앞장서라. 계속해서 멀더던 왕의 유물을 찾겠다."

위기는 기회가 됐다.

그리고 무영은 기회를 놓치지 않는다.

모래 지대의 외진 곳.

바로 뒤로 절벽이 존재하는 장소에서 눈에 띄는 건축물이 지어지는 중이었다.

'피라미드?'

높이만 10m에 이르는 그것은 영락없는 피라미드였다.

수십 명이 거대한 돌을 자르고 옮기며 쌓고 있었다.

'영토 선언을 위한 상징물이로군.'

영토의 구슬을 사용하려거든 그에 걸맞은 상징물이 필요하다. 상징물이 일종의 토템이 되어 주변 대지를 변화시키는 것이다.

인류가 살아갈 수 있도록 마련된 일종의 안배.

그리고 저 피라미드는……

'왕의 무덤.'

무영은 턱을 쓸었다.

왜 피라미드를 상징물로 정했는지 알겠다.

멀더던 왕의 유물을 찾기 위한 시련으로 삼으려 지었겠지.

피골이 상접한 사람들이 열심히 돌을 옮긴 덕분에 피라미드는 완성 단계에 들어가 있었다.

"오, 오셨습니까."

하이데거와 무영이 작은 마을에 입성하자 노인 한 명이 다가와 무릎을 꿇었다.

이마를 땅에 대고 극진하게 인사했다.

극도의 공포가 느껴졌다.

모든 사람의 몸에 난 상처를 바라보며 무영은 하이데거가 어떤 식으로 이곳을 운영해 왔는지 알 수 있었다.

딱히 집이라 할 만한 건축물도 없는 것으로 보아 제대로 쉬지도 먹지도 못하고 혹사당하는 듯싶었다.

있는 것이라곤 넓은 천막 하나가 전부다.

아마도 하이데거를 위해 마련된 장소이리라.

무영은 시선을 옮겼다.

짜아악! 촤아악!

다섯 명 정도가 채찍을 휘두르며 사람들을 재촉했다.

"끄으윽."

젊은 남자가 게거품을 물며 쓰러졌다.

즉시 채찍질이 시작됐고 그래도 일어날 기미가 보이지 않자 바닥에 내던져 버렸다.

마치 쓰레기를 버리는 것처럼.

그러나 사람들은 전혀 신경 쓰지 않는 눈초리다.

"닦아드리겠습니다."

무릎을 꿇은 노인이 품에서 천을 한 장 꺼내 하이데거의 신발을 닦아내기 시작했다.

그러면서도 옆에 선 무영을 의아한 시선으로 보았다.

어떻게 대해야 할지 재고 있는 모습.

하이데거가 데려온 손님이라면 극진히 모시는 게 맞지만 그게 아니라면 괜히 나섰다가 치도곤을 당할 수도 있는 것이다.

하지만 무영은 그런 대우에 별 관심이 없었다.

무영은 주변을 잠시 지켜보다가 천막 안으로 들어갔다.

하이데거는 이곳에서 왕 이상이다. 그의 말 한마디에 모든 게 이뤄진다. 죽으라면 진짜 죽어야 하는 게 이곳에 있는 사람들이다.

그리고 그들을 지배하는 건 온전한 공포다. 공포는 이성을 마비시키고 사람을 인형으로 만들었다.

"완공까지 얼마나 남았지?"

"이, 주일, 이면 끝난다."

천막 안에서 무영이 묻자 하이데거가 답했다.

천막은 둘밖에 없었다. 하이데거만 들어올 수 있는 장소인 모양이었다.

무영이 그곳으로 발을 옮기자 처음으로 사람들이 동요할 정도였다.

그런데도 하이데거가 아무런 제지를 하지 않으니 무영을 '중요한 손님'으로 인식한 듯싶었다.

어쨌거나 이 주일이라.

'시간은 충분하다.'

무영은 의자에 앉아 턱을 괴고 앞으로의 일정을 잠시 짜 봤다.

이곳에서 멀더던 왕의 유물을 얻으면 대충 마신의 영역에서 움직일 최저한의 조건이 완성된다.

이후 리틀 위시를 사용해 헤들리의 소가 어디에 있는지 찾는다.

아무리 리틀 위시라도 계속해서 위치를 밝혀주진 못한다. 그러니 헤들리의 소를 찾기 직전에 사용하는 게 가장 이상적이다.

자리에서 일어난 무영이 하이데거의 상태창 시계를 빼앗았다.

그리고 '히스토리'를 쭉 훑었다.

상태창 시계에 남아 있는 히스토리로 말미암아 하이데거가 무슨 업적을 깨고 어떠한 업적에 도전하는 중인지 알 수 있었다.

업적을 읽고 도중에 낚아채는 것 또한 가능했다.

〈'멀더던 왕의 유물(3)'〉

─과거 멀록은 물을 다스리는 강과 바다의 지배자였다. 진주로 만든 창이나 지팡이 따위를 들고 온갖 이능을 발휘했다. '바다의 현자'도 셀 수 없이 많았다. 하지만 멀더던 왕이 죽은 이후 급격히 퇴화하여 몸집이 작아지고 지능도 사라졌다. 멀더던 왕의 유물을 찾으면 다시 멀록이 부흥할 수 있지 않을까? '멀록의 시대에서 발췌.'

─'멀록의 심장'이라 불리는 장소. 멀더던 왕의 유물이 있는 장소가 그려진 지도를 찾았다.

─지도에 그려진 위치로 향했다. 영토 선언을 하고 멀더던 왕을 기리는 무덤을 만들면 '멀록의 후예'를 전승할 수 있다고.

멀더던 왕의 유물과 관련된 업적들이 차례대로 적혀 있다.

하지만 명확히 그려진 건 거의 없었다. 단순히 히스토리만 가지고 정확한 사항을 확인하긴 힘들었다.

하지만 영토 선언을 먼저 해서 '멀록의 후예'를 무영이 전승할 수 있다는 사실은 알았다.

"유물은 어떤 식으로 찾지?"

"피라미드, 자동으로 던전, 된다. 그 안에 있다."

과연.

단순한 상징물은 아니라는 뜻이다. 피라미드 자체가 던전이 되어 시련을 준다는 말.

제법 흥미가 생기는 이야기였다.

'새로운 던전. 얻을 수 있는 부산물이 많을 것이다.'

던전이다. 하루 이틀에 깰 수 있는 곳을 던전이라 하진 않는다.

천천히 공략하며 최상층으로 도달하는 게 정석이다. 당연히 그 과정에서 얻을 것이 넘칠 터.

주기적으로 외부에서 정비할 필요가 있고 그러기 위해선 이곳을 좀 바꿀 필요도 있어 보였다.

'마신의 영역에 영지를 만들어 둬도 나쁠 건 없지.'

모처럼 하는 영토 선언이다.

영토의 구슬 자체가 구하기 매우 어렵기 때문에 이대로 유물만 구하고 방치하는 건 조금 아까웠다.

사람들도 있고 무영의 마음에 따라서 이곳을 '영지'로 발전시키는 게 불가능하진 않을 것 같았다.

그래 봐야 잠시 머무는 장소로 사용하는 게 전부겠지만 영토의 영주가 되고 던전을 관리하면 지속적으로 부가적인 수입을 얻을 수 있었다.

특정한 법보나 희귀한 약초 등!

실제로 던전 근처에 지어진 도시도 몇 존재했다.

던전에서 괴물이 쏟아져 나오면 곤란하긴 하지만 그 이상으로 얻을 수 있는 게 많기 때문이다.

'이 주변에 있는 괴물들은 다 급이 낮다. 멀리 내다보면 나쁘지 않아.'

마신의 영역.

대도시 근처에 도시를 만들면 모든 집단이 견제하고 빼앗으려 들겠지만 이곳이라면 누가 간섭하겠는가?

영토 주변의 괴물이 막강하면 포기하는 게 낫겠으나 그렇지만도 않았다.

언데드만 적당히 풀어놔도 정리될 수준이었다.

인구 100명이 안 되긴 하지만 멀리 내다보면 나쁘지 않다고 봤다.

어차피 크게 손해 볼 것도 없었으므로.

"이곳을 지켜라. 나는 주변을 돌고 오마."

"알겠다."

하이데거가 꼿꼿이 고개를 끄덕였다.

무영은 다시 천막을 나섰다.

수많은 시선이 느껴졌지만 길을 걷는 무영을 제지하는 사람은 아무도 없었다.

무영은 마을을 나갔다가 저녁이 되어서야 다시 마을로 돌아왔다. 무영의 뒤에는 수많은 언데드가 거대 전갈이나 불여우의 시체 등을 옮기는 중이었다.

사람들이 모인 중심부에 가져온 것들을 쌓았다.

작은 언덕처럼 쌓인 그것을 바라보며 사람들이 의아해하자 무영은 말했다.

"내용물은 먹고 남은 걸로는 옷이나 집을 만들어라."

그게 전부였다.

무영은 다시 천막으로 들어갔다.

그러나 사람들은 쉽사리 움직이지 못했다.

이곳에선 말 한마디 하는 것조차 허락을 받아야 한다.

하지만 하이데거는 아무런 반응도 보이지 않았다.

자율성을 거의 거세당한 무리였으니 당연한 일이다.

하지만 다음 날도, 그다음 날도 무영은 계속해서 괴물들의 시체를 날랐다.

4일이 지났을 때 처음으로 한 명이 움직였다.

굶주림을 참지 못한 청년이 불여우의 시체를 들고 게걸스럽게 입을 놀렸다.

그리고 조금 맑아진 눈빛으로 처벌을 기다렸다.

이런 식으로 움직여서 살아남은 자가 없었다. 모두 하이데거나 그의 동료들에게 끔찍하게 살해당했다.

하지만…… 처벌은 없었다.

그러자 눈치를 보던 사람들이 너 나 할 것 없이 움직이기 시작했다. 괴물의 살을 발라 먹고 모피로는 옷을 만들었다. 거대 전갈의 외피를 이용해서 머물 장소를 지었다.

그렇다고 피라미드를 만드는 일을 하지 않는 건 아니었다. 오히려 전보다 능률이 올라갔다.

'영지에 인형은 필요 없다.'

무영은 일련의 모습을 보며 생각했다.

인형은 언데드만으로도 충분하다.

영토 선언을 할 거라지만 무영 스스로가 영지를 발전시킬 일은 거의 없을 것이다.

남은 사람들이 알아서 발전하도록 만들어야 한다. 그러기 위해서 죽은 자율성을 살리려 했다.

결과는 나쁘지 않았다.

약간의 여유가 생기자 그제야 사람들은 생각했다.

저 남자는 누구인가?

하이데거를 턱끝으로 부리며 그조차 꼼짝 못하게 만드는 자.

괴물을 사냥하고 언데드를 부리며 어둠을 몰고 다니는 자!

"당신은 누구십니까?"

일주일이 지난 다음에야 그들은 물어볼 수 있었다.

모두가 긴장하며 무영이 머무는 천막 앞에 서 있었다.

그날, 무영은 처음으로 투구를 벗었다.

하얀 머리칼과 지저처럼 깊은 눈, 머리 위의 뿔 하나가 모두의 시선에 들어왔다.

모두가 넋을 잃었다.

무영은 짧게 말했다.

"알아서 생각해라."

모두의 눈에 의아함이 서렸다.

하이데거를 대신할 새로운 주인이 나타난 줄로만 알았는데 그마저도 알아서 생각하란다.

무책임하다면 무책임하지만 무영은 전혀 개의치 않았다.

"나는 하이데거가 너희를 어떤 식으로 다뤘는지 알고 있다. 하나, 나는 너희가 내게 검을 들이밀지 않는 한 예전과 다른 자유를 보장해 줄 것이다."

유창하게 말을 하는 건 무영과 맞지 않다. 그저 있는 사실만 그대로 전할 셈이다.

"살고 싶다면 일어나라. 발전시키고 주변을 개척해라. 어차피 너희는 마신의 영역을 빠져나갈 수 없다. 이대로 가만히 있으면 언젠가 쳐들어올 괴물의 먹이가 되겠지."

가차 없이 후벼 팠다.

구구절절 모두가 맞는 말이었다.

만약 무영이 나타나지 않았다면 이들은 하이데거에게 버림받고 처참한 최후를 맞이했을 것이다.

그러나 지금은 다르다. 달라질 수 있다.

그 기회를 무영이 건넸다.

하지만 기회를 살리는 건 온전히 저들의 몫이다.

"너희가 나를 무엇으로 여겨도 상관없다. 알아서 선택하고 알아서 움직여라."

무영은 남의 시선을 의식하지 않는다.

어차피 사람들은 이곳을 떠나지 못하고 살기 위해선 발악해야만 했다.

그 과정에서 들어오는 부산물을 노리는 것이니 영주라는 직함에 매달릴 필요는 없다. 한 번 그런 식으로 말하면 계속해서 신경 쓰게 되고 시간을 낭비할 게 뻔했다.

달려가기도 바쁜 지금의 상황에서 그건 별로 좋은 선택이 아니다.

무영은 등을 돌려 다시금 마을을 나섰다.

11일가량이 지나서 피라미드가 완성됐다.

예정보다 3일이 빨랐다.

무영은 즉시 피라미드의 꼭대기에 올랐다. 그리고 준비된 제단 위에 영토의 구슬을 올려놓았다.

"나, 무영이 이곳을 나의 영토로 선언한다."

선언이라고 거창한 의식은 필요 없었다.

이 한마디면 충분했다.

화아악!

구슬이 보랏빛을 사방에 흩뿌리며 퍼져 나갔다.

동시에.

〈'영토 선언'이 완료되었습니다.〉

〈영토의 주인이 '무영'으로 설정됐습니다.〉

〈'영주(F)' 스킬이 생성되었습니다.〉

〈영주는 지배하는 땅과 영주민에 대한 영향력을 행사할 수 있습니다.〉

〈멀더던 왕의 유물이 잠든 영토입니다.〉

〈24시간 후 상징물이 던전으로 강제 변환됩니다. 계속 피라미드 안에 있으면 변환점에 휘말려 영영 현실로 돌아오지 못할 수도 있습니다.〉

〈'멀록의 후예'를 전승했습니다.〉

피라미드가 흔들리며 조금씩 변화를 시작했다.

변화가 제대로 시작되기 전에 나가야 한다. 안 그러면 영영 이곳을 나가지 못하게 될 수도 있었다.

무영이 막 발걸음을 떼려고 할 찰나.

〈마신 그레모리의 휘하 '27군단의 마왕'이 될 첫 번째 증명을 이뤄냈습니다!〉

〈마왕에겐 자신만의 영토가 필요한 법. 영토를 발전시키고 병사를 키워내십시오.〉

〈공작령 이상의 영토로 발전이 이뤄지면 다음 증명이 시작됩니다.〉

〈'27군단의 마왕' 스킬에 새로운 효과가 추가됐습니다.〉

〈히스토리에 '27군단의 마왕(2)'이 새겨집니다.〉

'……!'

새로운 글귀가 길게 추가되었고 그것을 본 무영의 눈동자가 커졌다.

멀더던 왕의 유물이 묻혀 있는 던전과 멀록의 후예를 전승한 건 예정에 있었지만 '27군단의 마왕' 업적을 이곳에서 연계할 줄은 생각지도 못하고 있었다.

막 과거로 돌아오고 푸른 사원에 있을 때 무영은 56좌의 마신 그레모리가 현신한 장소를 발견한 바 있었다.

육망성이 새겨진, 다윗의 별이라 불리는 그곳에서 가장 어려운 시련을 돌파하고 27군단의 마왕이 될 자격을 얻기는 했다.

그 이후 아무런 단서도 잡지 못한 채 잠시 잊고 있었다.

'그레모리는 26개의 군단을 가지고 있지.'

56좌의 마신 그레모리!

마신 중 유일한 여성체이며 그녀의 휘하엔 26명의 마왕이 충성하고 있다고 전해진다.

본래 27번째는 없는 것이다.

그리고 과거 마신들이 인류를 멸할 때도 그레모리는 아예 등장하지 않았다.

인류에게 적대적이지 않은 몇 안 되는 마신 중 하나.

그레모리의 마왕이 되어 힘을 얻는 것도 분명히 무영이 고를 수 있는 선택지 중에 하나이긴 했다.

'입안의 가시.'

바로 그것이다.

입안의 가시. 혀를 뚫고 머리를 꿰뚫을 그런 가시가 될 작정이었다. 삼키지 못하게. 삼키면 죽을 수밖에 없는 그런 강렬한 맹독을 품어서 마신을 차례차례 줄여 나가는 것도 가능하리라.

설마 이곳에서 단서를 잡게 될 줄은 몰랐다.

영토가 시발점이 될 줄이야.

아예 찾지 못했다면 몰라도 손이 닿았다. 이제 선을 당길 것인가 못 본 척할 것인가를 선택할 차례다.

'당긴다.'

결정은 빨랐다.

흐름이라면 한번 따라가 보기로.

리스크는 분명히 존재하나 돌아오는 게 훨씬 크다. 충분히 해볼 만한 도박이었다.

하지만 그러기 위해선 영토를 키워야 한다.

영주가 되어도 크게 신경 쓰지 않으리란 계획이 틀어졌지만 개의치 않았다.

계획은 언제든지 유동적으로 변화하게 마련이다. 적어도 그 정도의 융통성은 가지고 있었다.

'스킬이 변화했다고 했지.'

무영은 즉시 스킬창을 열어서 추가되고 변한 점을 확인했다.

스킬 명칭: 27군단의 마왕(A+)

설명 – 27군단의 마왕이 될 자격. 그레모리는 본래 26개의 군단을 소유하고 있다. 26개의 군단은 모두 마왕이 지휘하며 그들 하나하나가 전율스러운 힘의 보유자이다.

* 첫 번째 발걸음. 모든 순수 능력치가 5씩 상승한다.

스킬 명칭: 영주(F)

설명 – 영토를 다스리는 지배자에게만 주어지는 스킬. 영토를 넓히고 영향력을 키울수록 랭크가 증가한다. 특수한 구조물 등도 이에 포함된다. 영토를 늘리는 방법은 영토의 구슬을 사용하거나 영토를 걸고 지배자끼리 결투를 벌이는 등의 방법이 있다.

* 영토 수호자 배치 가능(영토마다 한 기만 배치 가능하며 배치된 영토에 따라서 추가 능력치나 스킬 등을 얻는다. 지정된 영토 내에서만 효과를 적용받는다.).

'나쁘지 않군.'

'27군단의 마왕' 스킬에 새로 추가된 점이라는 게 바로 능력치의 상승이었다.

모든 능력치 5 정도면 매우 준수하다.

게다가 이게 첫 번째라는 점을 봤을 때 계속해서 발전할 여지가 있었다.

'영주' 스킬이야 당연한 이야기뿐이었다.

다만, 영토 수호자는 조금 관심이 갔다.

도시마다 하나씩 존재하는 그들은 매우 강력했다.

사람만이 아니라 기르는 괴물이나 소환수를 영토 수호자로 지정하는 경우도 있었다. 지정한 자가 배신하면 영토가 멸망하는 일도 잦았기에 사람을 믿지 못하는 것이다.

하여간 등 뒤를 맡겨도 좋은 이를 영토 수호자로 명하게 마련이었고 그 부분에 있어서 무영은 걱정이 없었다.

언데드는 무영을 배신할 일이 없었으므로.

'능력치 창.'

계속해서 그간 변화한 능력치를 살피고자 하였다.

상태창 시계를 돌리자 한 가지 표가 떠올랐다.

전승 효과 –〉

비탄의 그레모리(A, 모든 능력치+3)

아수라의 사도(A, 망자와 마귀의 힘을 다루는 망혼력 '10' 증가)

영혼 동반자(B+, 언데드와 영혼을 동화할 시 해당 언데드의 능력치 소폭 증가)

멀록의 후예(B+, 멀록의 성장이 빨라진다.)

요정의 축복(B, 요정들이 친근함을 느낀다.)

직업 효과 –〉

데스 로드(Lord class, 죽음의 지배자)

능력치 –〉

힘 112(89+23)

민첩 124(91+33)

체력 109(84+25)

지능 77(55+22)

지혜 73(51+22)

투기 73(55+18)

마법 저항 65(47+18)

망혼력 43(15+28)

특이사항 : 투기에 눈을 떴습니다. 1차 환골탈태(換骨奪胎)를 완료했습니다.

착용&적용 중인 무구 : 비탄(힘+14, 오우거의 잔인함), 미치광이 군주 세트(모든 능력치+15, 체력+10), **그림자 갑옷**(하루 세 번 그림자로 이동), **사악한 허리띠**(지능지혜+4, 언데드 5%강화), **헤르메스의 장화**(민첩+15, 3초간 가속)

보정 효과가 크긴 하지만 신체 능력치는 모두 100을 넘겼다. 다른 주요 능력치도 거의 70을 넘겨서 가히 괄목할 성장이라 할 수 있었다.

또한, 27군단의 마왕에 추가된 효과로 순수 능력치가 모두 5씩 상승한 건 매우 의미 있는 일이었다. 덕분에 1차 각성이라 불리는 벽에 매우 가까워지고 있었다.

'나는 이미 환골탈태를 겪었다. 주요 순수 능력치가 100을 넘기면 다시 변화가 생길지 궁금하군.'

물론 개인에 따른 차이가 있으니 모든 순수 능력치 100을 넘길 필요는 없지만 근접하면 각성을 경험한다.

하지만 무영은 불타르의 소족장 오가르에 의해 강제적으로 1차 환골탈태를 겪었다.

그런데 곧 다가올 '벽'을 넘으면 또다시 육체가 재구성될지 궁금증이 들었다.

이 속도면 머지않은 시일 내에 확인할 수 있을 터. 생각보다 몸으로 경험해야 알 수 있는 사안이었다.

멀록의 후예 전승 효과 역시 마찬가지다. 당장은 저게 무엇을 뜻하는지 아리송했다.

쿠릉! 쿠르릉!

'빠져나가야겠군.'

변화를 눈으로 확인하는 데 시간을 너무 지체했다.

무영은 급히 발걸음을 옮겼다.

보랏빛 기운이 영토를 잠식했다.

죽은 땅이 바뀌고 활기를 폈다.

풀들이 자라났으며 작은 웅덩이도 하나 생겨났다.

무영이 영토의 주인이 됨으로써 생겨난 현상.

인류가 살아갈 수 있는 땅이 완성되었다.

그리고 피라미드를 나선 무영은 미간을 좁힐 수밖에 없었다.

"저희를 받아주시옵소서."

노인을 시작으로 구십에 달하는 인원이 몸을 숙였다.

양쪽 다리를 접고 무릎을 꿇었다.

전형적인 복종의 자세다.

'알아서 선택해라'라고 말하긴 했지만 고작 며칠이 지나지 않았건만.

"받아 달라?"

무영이 묻자 노인이 대표로 고개를 들었다.

"저희의 새로운 주인이 되어주시길 간곡히 부탁드립니다."

갑작스러운 일이었다.

계속해서 쳐다보자 노인은 말했다.

"저희는 모두 약자입니다. 하이데거의 폭정 아래에 숨 죽일 수밖에 없었습니다. 하지만, 알아서 생각하라 하셨지요.

머리를 맞대고 고민했습니다. 그리고 저희가 살아갈 수 있는 길이 이것뿐임을 알았습니다."

"내게 의지해서 살아보겠다는 소리로군."

생존을 위한 발악.

영토를 키우기로 작정한 이상 좋은 일임에는 분명했지만 그렇다고 있는 그대로 받아들일 수도 없는 노릇이었다.

비꼬는 듯한 무영의 발언에 노인은 고개를 끄덕였다.

"예, 살고 싶습니다. 영주님께서 저희와 다름을 알지만 하이데거처럼 공포로 일관하지 않을 거라 하신 말씀을 믿고 싶습니다. 발전하고 개척하겠습니다. 영토의 주민이 되는 일에 모두가 동의했으니 저희의 생사여탈권은 온전히 주인님께 있습니다."

죽고 사는 걸 무영에게 맡기는 주제에 살고 싶다고 말한다.

모순적인 이야기지만 그래서 무영은 마음에 들었다.

빙빙 돌려서 미사여구를 마구 붙이는 것보다 진솔했으니까.

어쩌면 연륜의 힘일 수도 있었다.

무영이 바라는 유형을 눈치채고 여과 없이 내뱉은 것이다.

그래도 나쁘지 않다.

현실을 빠르게 깨닫고 움직이는 건 아무나 할 수 있는 게 아니다. 말이 쉽지 그 결단력은 칭찬해 줄 만하였다.

그가 가진 경험은 분명히 값지다. 영토 발전에도 도움이 될 것 같았다.

⟨94명의 인간이 영지민이 되기를 희망합니다. 받아들이시겠습니까?⟩

⟨영지민의 숫자는 영토의 힘입니다. 영주에게 존경심을 갖게 되고 마땅한 보상을 쥐어주면 그들은 영지를 발전시키는 데 최선을 다할 것입니다.⟩

무영은 94명의 눈을 하나하나 쳐다보았다. 죽어가던 눈에 조금씩 생기가 돌아오고 있었다.

적어도 인형은 보이지 않았다. 모두가 자율 의지로 영지민이 되고자 하는 것이다.

무영은 고개를 주억거렸다.

"좋다. 받아들이마."

⟨94명의 영지민이 편입되었습니다. 이제 그들 모두에게 메시지를 보내거나 강제 소집을 명할 수 있습니다. 영지민은 영주 '무영'의 소속이 되어 싸울 것입니다.⟩

⟨'영주' 스킬의 랭크가 F → E로 상승했습니다.⟩

스킬의 랭크 자체가 워낙 낮아서 그런지 영지민을 받은 것만으로도 랭크가 올랐다.

영주가 되는 건 길드를 만드는 것과 비슷하다.

다만, 다른 점은 강제성을 부여할 수 있다는 것이었다.

무영의 소집 등을 거부할 경우 그들에게도 불이익이 간다. 저주가 걸리고 갖고 있는 법보가 힘을 잃는 경우도 있었다.

인류의 힘을 하나로 모으려는 솔로몬의 안배다. 이걸 악용하는 경우도 있긴 하지만……

또한, 무영이 죽거나 영토를 누군가에게 빼앗기지 않는 한 그들은 영원히 '무영'이란 이름을 달고 살아간다.

영지민은 그만큼 무게가 있는 단어다.

"멈추고 도태하는 자는 데려가지 않을 것이다. 따라오려 거든 스스로 발전하라."

그럼에도 무영은 명확하게 선을 그었다. 뒤떨어진 자를 기다려 줄 시간이 없다.

"영주님을 뵙습니다!"

노인이 진지한 얼굴로 크게 외쳤다.

"영주님을 뵙습니다!"

그러자 다른 이들이 이구동성으로 입을 열었다.

천천히, 무영은 천막 안으로 들어갔다.

모두가 천막을 향해 몸을 돌려 재차 무릎을 꿇었다. 해가 지고 달이 들 때까지 그 의식은 계속되었다.

24시간이 지났다.

동시에 짧은 문장 하나가 떠올랐다.

〈'피라미드'가 '멀더던 왕의 던전'으로 변화를 마쳤습니다.〉

무영은 바로 던전으로 향했다.

한데 무영보다 빠르게 당도한 사람들이 있었다.

젊은 남자와 여자가 각기 한 명씩, 그리고 노인이었다.

노인은 무영을 발견하곤 말했다.

"영주님, 젊고 날쌘 아이들입니다. 여러 가지로 도움이 될 겁니다."

확실히 남녀는 다른 사람들에 비해 체력이 있어 보였다. 유독 선남선녀이기도 했다.

중요 부위만 아슬아슬하게 가린 모피와 사막 가재의 껍질로 만든 단검을 착용하고 있었다.

짐꾼을 자처하여 가방도 들고 있었다.

둘은 무영을 향해 깊숙이 고개를 숙였다.

"발탄이라 합니다."

"영주님, 아이린이에요."

무영은 잠시 노인을 바라봤다.

둘을 내보인 의도가 뻔히 읽힌다. 유망한 젊은이를 키우려는 거다. 모두가 한 번에 강해질 순 없으니 그나마 가능성이 있는 아이들을 함께 보내려는 것이었다.

잠시 고민하다가 무영이 말했다.

"따라오라."

영지민이 강해지는 건 나쁘지 않은 일이다. 보다 빠르게 주변 영역을 개척할 수 있을 테니.

그 외에 다른 의도가 있어 보이진 않았다.

발탄과 아이린이 비장한 표정으로 고개를 끄덕였다.

무영은 조용히 발걸음을 옮겨 던전으로 입장했다.

〈'멀더던 왕의 던전'에 입장했습니다.〉

내부 구조가 완전히 바뀌었다. 복도가 훨씬 넓어지고 천장이 높아졌다. 사방에서 진동하는 비린내는 인상을 구기게 만들기에 충분했다.

'시간을 들일 필요는 없지.'

길을 찾는 게 우선이다.

즉시 모든 언데드를 소환했다.

왕자와 복수자들, 화염의 창병, 뇌전술사, 검은 태양 전사, 그리고 하이데거까지!

"주변을 돌며 길을 찾아라."

언데드와 무영을 바라보며 발탄과 아이린이 눈을 부릅 떴다.

설마 하이데거가 언데드였단 말인가?

하이데거가 인류에서 엄청난 강자로 이름을 날린 건 아니지만 그 특유의 재생 능력 탓에 상대하기가 매우 까다로운 편이었다. 한데 언데드가 되었다는 건 한 번 죽었다는 뜻이다.

두 사람은 무영이 이처럼 언데드를 소환하고 부리는 모습은 처음 보았다.

최상급의 괴물, 리치나 부릴 법한 이능에 둘은 정신을 차릴 수가 없었다.

리치 한 마리면 어지간한 도시 하나가 날아간다.

최고의 빛 계열 축복을 받은 최상위 성기사가 최소 오십에서 백은 있어야 진압이 가능하다.

하지만 그게 가능한 건 신성 도시 '뮬라란'밖에 없었다.

리치의 출현은 모든 거대 집단을 긴장하게 하기에 충분했다.

'리치는 아닌 것 같은데……?'

어느 날 불현듯 나타난 남자.

그는 도깨비였다. 하얀 머리칼과 도깨비 왕의 상징인 뿔을 달고 있었다.

도깨비가 리치가 되었다는 말은 금시초문이다. 하물며 리치가 인간을 구하고 영주가 되었다는 건 더더욱 이상하다.

"제대로 따라와라."

정신을 못 차리는 둘을 향해 저 앞에서 무영이 고개를 돌리고 말했다.

넋을 놓고 움직일 생각을 하지 못했다.

둘이 던전으로 따라온 건 경험하고 강해지기 위해서이기도 하지만 영주라는 자를 파악하기 위함이 더욱 컸다.

사실상 그들은 아는 게 없었으므로.

그런데 설마 기다려 준 건가?

방해하지 말라고 했으면서 그 위압적인 눈빛은 지금도 여전하다.

그냥 매정하게 혼자서 움직일 줄 알았건만 이처럼 말을 건네고 기다려 주는 건 의외였다.

"죄송합니다."

"금방 따라갈게요."

발탄과 아이린이 정신을 차리고 속도를 올렸다.

무영은 그제야 움직이기 시작했다.

1층은 별게 없었다. 개구리 형태의 멀록이나 미믹 같은 함정형 괴물만 있었다.

하루 만에 2층으로 올라갔다. 던전이 넓었지만 모든 언데드가 나뉘어서 길을 찾은 덕분이었다.

"오늘은 이곳에서 쉰다."

2층.

이곳은 멀록 크롤러의 대지였다.

멀록 크롤러는 크기만 3m에 이르는 거대 개구리로 지독한 독안개를 입에서 뿜어내는 녀석이다.

다만 몸을 마비시키는 신체 독의 종류이다 보니 언데드에게 너무 무력했다.

그다지 어려울 것도 없었지만 무영은 굳이 한 번 쉴 장소를 찾았다.

"헉, 헉……. 대단한 체력이시네요."

발탄은 묵묵히 따랐다.

그나마 무영에게 말을 거는 건 아이린뿐이었다.

그녀는 무영에게 유독 관심이 많았다. 행동 하나하나에 의미를 부여하고 계속해서 감탄사를 내뱉으며 자신을 숨기려 하지 않았다.

조금이라도 친해지고 싶다는 발로에서 나타난 행동이겠으나 안타깝게도 그녀가 보는 남자는 그런 걸 받아줄 수 있는 성격이 아니었다.

무영은 자리에 앉아 법보를 꺼냈다.

"마셔라."

툭.

물 생성의 법보를 던지자 아이린이 받았다.

"크~ 이 청량한 맛. 신의 음료수가 여기 있군요."

그리곤 가방에서 천쪼가리 하나를 꺼내 땀을 닦았다.

최대한 뇌쇄적으로 몸을 움직여 봤으나 무영은 별반 신경조차 쓰질 않았다.

반대로 발탄만 그런 아이린을 뻔히 바라보고 있었기에 아이린은 주먹을 쥐어 보이며 '어딜 보느냐'는 식으로 경고했다.

발탄이 재빨리 헛기침을 하고 고개를 돌렸다.

"그나저나 상징물이 던전으로 변화된 경우는 들어본 적이 없어요. 정말 신기한 장소네요."

"몇 곳 있을 텐데."

"예, 예……?"

여태껏 무응답으로 일관하던 무영이 처음으로 답했다.

그것을 듣고 도리어 아이린이 놀랐다.

그냥 던진 물음이다. 대답을 해줄 줄은 생각도 못 했기 때문이다.

"공중도시, 절벽 끝의 영지, 어스름의 마을. 모두 상징물이 던전이 되었고 그곳에서 자급자족하는 장소다."

"그런 곳도 있었어요?"

생전 처음 들어봤다는 반응이다.

무영의 눈가가 미묘하게 떨렸다.

"마계에 들어온 지 얼마나 지났지?"

"8개월이요."

"하이데거가 대도시에서 납치하진 않았을 것이다. 8개월 만에 다른 도시로 이동해서 잡힌 건가?"

하이데거가 납치를 행한 장소라고 해봐야 외진 도시일 터였다.

강자가 없는 곳에서 활동하며 납치를 해왔겠지.

척 보기에도 아이린은 약해 보였다.

그러나 대도시를 떠날 정도면 최소 2년은 마계에서 생활했으리라 보았는데 그게 아니라고 한다.

"제가 모험심이 좀 특출해서요. 결과는 이 모양이지만요."

아이린의 어깨가 푹 처졌다.

8개월이면 무영이 말한 도시들을 모르는 것도 이해가 되었다.

모두 정상적으로 순환되는 곳은 아니었으니까.

아는 사람만 아는 작은 마을과 같았다.

"저기, 영주님. 그런데 그런 것들은 어떻게 알고 계신 거예요?"

아이린은 어린애처럼 신이 났다.

마치 사람 같았다.

그래서 물었으나 무영은 묵묵부답이었다.

다시 처음 상태로 돌아간 것이다.

그러나 아이린의 눈빛엔 더욱 생기가 돌았다.

한 번이라도 답을 했다. 어쨌든 자신들에게 관심이 있다는 의미였다.

오늘도 그렇다.

이곳에서 쉬지 않고 3층까지 갈 수도 있었을 것이다.

발탄과 아이린을 위해서 일부러 자리를 마련한 게 분명하다.

실제로 둘은 거의 탈수 직전이었으니.

'그냥 표현하지 못하는 거야. 본심은 다를 거야.'

냉정하기 짝이 없는 눈빛과 태도로 다가가는 게 힘들긴 하지만 어쩌면 생각처럼 그렇게 나쁜 자는 아닐 것 같다고 아이린은 생각했다.

"커헉……!"

4층.

구름눈 멀록이 내뿜는 강력한 독이 발탄의 발 하나를 중독시켰다.

그저 맨살에 닿는 것만으로 피부와 장기를 썩게 만드는 강력하기 짝이 없는 독.

레이저처럼 독줄기가 뻗어 나가 살을 꿰뚫고 직접 투여된 것이다.

"괘, 괜찮아?"

아이린은 독을 빨아내고자 몸을 낮췄다.

그 순간.

"멈춰라."

어느새 구름눈 멀록을 처리한 무영이 비탄을 들었다.

촤악!

그리고 인정사정없이 발탄의 다리를 잘랐다.

"끄으으윽!"

발탄은 고통에 찬 비명을 내질렀다.

그것을 본 아이린이 인상을 마구 구기며 무영을 쳐다봤다.

"자, 잠깐! 독은 빼내면 되잖아요! 왜 다리를……!"

"시간이 많나 보군."

무영은 몸을 돌렸다. 그리고 천천히 걸어 나갔다.

아아!

맞다. 시간이 없었다.

아이린은 재빨리 천쪼가리를 꺼내 발탄의 허벅지를 강하게 동여맸다.

발탄과 아이린은 여태껏 상부상조하며 버텨왔다.

연인은 아니지만 누구보다 친한 사이가 되었다. 이런 곳에서 친구를 잃을 수는 없었다.

"아이린……."

"어, 어떡해. 출혈이 너무 심해."

"가, 영주님을 따라가."

"입 닥쳐. 그 입까지 막아버리기 전에!"

아이린은 천이 부족하자 자신의 옷까지 벗어 던지고 발탄의 다리를 동여맸다.

그리고 천이 조금 남자 진짜로 발탄의 입까지 막아버렸다.

"읍!"

"금방 나갈 수 있을 거야. 조금만 참아."

아이린이 발탄을 등에 업었다.

하지만 무영은 걷는 속도를 줄이지 않았다.

'매정한 사람!'

처음엔 표현이 서툰 것뿐이라고 생각했다.

하지만 아니다.

그는 한없이 냉철할 따름이었다.

독을 빼낼 기회조차 주지 않고 한 치의 망설임 없이 자르는 걸 보면 마계의 여느 사람과 다를 게 없었다.

아이린은 강자라고 칭해지는 자들이 한없이 잔인하다는 걸 알고 있었다.

그들은 효율을 최우선으로 여긴다.

방해되는 자? 모두 버리고 간다.

그런 자들처럼 되기는 싫었다. 그래서 발탄도 버리지 않을 거다.

하지만 혼자서 나가는 건 불가능하다. 어찌 됐든 답은 무영이 쥐고 있었다.

아이린은 이를 악물고 무영의 뒤를 따라갔다.

발탄의 심장고동이 시시각각 느려졌다. 몸이 차고 축 늘어졌다. 이대로는 오래 못 버티는 걸 아이린은 본능적으로 깨우쳤다.

평범한 사람이었다면 벌써 죽었을 테다. 마계로 이동하고 신체가 강화되었기에 지금껏 버티고 있는 것이었다.

"훅, 후욱, 후욱."

따라가지 못하면 그걸로 끝이다. 그래서 아이린은 더욱 필사적이었다. 입에서 단내가 나고 근육이 비명을 질러댔지만 움직이는 걸 멈추지 않았다.

무영은 빠르게 멀록 무리를 소탕했다.

쉬지 않고 몰아쳤다. 태풍이라도 되는 것 같았다.

어느덧 7층.

4층부턴 한 번의 쉬는 구간 없이 움직였다.

본래라면 한 번쯤 마을로 돌아가 정비하는 시간을 가졌을 것이다.

하지만 몰아쳐서 깰 수 있다면 그럴 필요는 없다고 보았다.

'이곳이 마지막 층이로군.'

멀록의 최종 형태라 불리는 멀록 이터가 있었다.

이 이상 강한 멀록은 현재의 사전엔 존재하지 않으니 다음 층이 마지막이라고 봐야 했다.

애당초 멀록은 그다지 강한 종류의 괴물이 아니다.

죽음의 예술 스킬을 사용하기도 아까운 수준이다.

사용하는 게 주로 독이라서 까다로울 뿐이지만 그조차도 무영에겐 하등 문제가 되지 않았다.

어지간한 독은 즉시 아수라도의 망령들이 흡수해 버린다.

무영 자체도 독에 대한 내성이 높은 편이었다.

오가르가 강제로 환골탈태를 시킬 때 사용한 약들이 하나같이 극독이어서다.

멀록에게 있어서 무영은 천적이었다. 독만 피할 수 있다면 멀록은 그저 몸집 조금 큰 개구리에 지나지 않았다.

그리고 다음 층으로 오르자 짧은 문구 하나가 떠올랐다.

〈멀록 우두머리가 출현했습니다.〉

한 문장.

하지만 나타난 괴물의 존재감은 압도적이었다.

쿠르릉!

족히 10m는 되어 보일 법한 개구리 석상이 깨지며 그 안에서 멀록 우두머리가 출현했다.

확실히 이곳까지 오르며 처리한 멀록보다 훨씬 강하다.

하지만 움직임이 부자연스럽다. 석화가 깨지지 않은 곳이 존재했다.

'석화가 풀리기 전에 도착한 모양이로군.'

무영은 피식 웃었다.

이렇게 빠른 시간 내에 도전자가 도착할 줄은 몰랐던 듯싶다. 무영의 입장에선 나쁠 게 없었다.

그만큼 빨리 처리할 수 있다는 것이니.

곧 짙은 독안개가 사방에 펼쳐졌다. 언데드의 움직임이 굼떠졌다.

'포이즌 쉐이드.'

무영은 33기의 망령을 모두 풀었다.

아수라도의 미친 망령들!

햐아아아!

망령들이 날뛰기 시작하자 무영의 눈도 함께 붉어졌다.

망령들은 속삭였다.

살을 베고 피를 탐하라고!

적의 모든 걸 찢어발기라고!

"죽여라."

무영은 달리며 단 한마디만 내뱉었을 따름이다.

차륵. 차르륵.

쿠르르릉!

독안개를 꿰뚫으며 모든 언데드가 무영과 함께 움직였다.

속전속결.

오로지 공격의 형태로 달려들었다.

장엄하기까지 한 광경이지만 무영을 비롯한 모두가 파괴 욕구의 절정을 찍고 있을 따름이었다.

쿠우우웅!

멀록 우두머리가 쓰러졌다.

온몸이 난자당한 채 비참한 최후를 맞이했다.

하지만 무영도 아주 무사하진 못했다.

뚜둑. 뚜두둑!

관절이 꺾인 왼쪽 팔을 억지로 맞췄다. 멍이 든 장소는 일부러 베어내서 피를 뽑았다.

"……."

아이린은 할 말을 잃은 채 가만히 무영을 지켜보고만 있었다.

방금 전의 그 전투는 평생 잊지 못할 것이다.

방어는 뒷전이고 오로지 공격을 위한 돌격이었다. 자기 목숨이 아깝지 않은 자만 할 수 있는 일이었고 그 이상으로 강렬했다.

힘을 내보이는 강자는 여럿 봤지만 무영처럼 파괴력을 선사한 장면은 한 번도 없었다.

휘이잉.

곧 독안개가 사라지고 층의 중심부에서 영토의 구슬이 올라왔다.

무영은 천천히 영토의 구슬로 다가갔다.

그리고 손을 댄 순간.

〈'멀더던 왕의 유물 창고'를 발견했습니다.〉

지이이잉!

영토의 구슬 바로 뒤쪽으로 거대한 문이 생겨났다.

16장
헤들리의 소

멀록왕, 멀더던의 유물 창고가 봉인되어 있는 장소.

왕의 칭호를 가진 자이니 제법 기대가 되었다.

그리고 그 옆으로 작은 문이 생성되었다.

예상이 적중했다.

이런 던전은 으레 마지막 층을 깨면 입구로 향할 수 있는 게이트를 생성하게 마련이었다.

무영은 슬쩍 뒤를 돌아보았다.

"작은 문을 통하면 바깥으로 나갈 수 있을 것이다."

짧은 한마디.

"반대로 이 큰 문으로 들어가면 커다란 보상을 얻을 수 있겠지."

선택의 기회를 줬다.

무영이 둘을 끌고 온 이유는 간단했다.

영지민들은 저 둘을 중심으로 재편성될 가능성이 높았다.

노인도 가장 가능성이 높다고 봤기에 무영에게 둘을 붙인 것이다.

던전은 깬다고 사라지지 않는다.

마지막 층까지 탐험시키며 구조를 파악하게 만든 뒤 사람들을 이끌고 들어오게 만들려는 작정이었다.

마신의 영역을 도는 것보다 던전을 탐험하는 게 성장하는데 훨씬 많은 도움이 된다.

변수도 적고 부산물도 얻을 수 있었다.

가장 싸게 영지민을 강하게 만들 수 있는 방법이었다.

'무슨 선택을 할 테냐.'

동시에…… 궁금하기도 했다.

마계에 들어온 지 1년이 안 되어서 그럴까.

아이린은 정의심이 투철했다.

뭘 모르기도 했지만 양심이 죽어버린 인류의 무리 중에서 저만한 인성을 지키고 있는 건 사실 대단한 것이다.

또한, 하이데거에게 노예처럼 부려지면서 밝음을 유지한 건 천성 자체가 그렇다는 의미였다.

영웅의 자질과는 또 다르지만 이런 사람이 모여서 영웅을 만든다는 걸 무영은 알고 있었다.

그러다가 내심 웃고 말았다.

'다르군.'

막 돌아온 때였다면 발탄이 독에 중독되는 순간 가차 없이 죽였을 터였다. 그것을 살리며 마지막엔 선택의 기회까지 주고 있다.

그저 무정하기만 한 과거와는 아주 조금 달라졌음을 의미했다.

필요에 의한 살인은 전혀 망설이지 않으나 이 둘은 영지민이다. '내 것'으로 인식한 존재에 대해선 약간 유해질 수 있음을 의미했다.

멀록의 던전.

짐이 하나쯤 늘어난다고 고작 이런 곳을 돌며 쳐낸다면 그것도 자존심이 상하는 일이었다.

물론 보상을 위해 아이린이 큰 문으로 들어간다면 그걸로 끝이다.

단순한 무영의 착각이었음이 밝혀지는 것이다.

힘든 일을 겪고 보상을 바라는 건 인간의 당연한 심리. 그것을 나무랄 생각까진 없었다.

"영주님, 저는 작은 문으로 들어가겠어요."

아이린은 한 치의 망설임 없이 발걸음을 옮겼다.

무영은 어깨를 으쓱해 보일 따름이었다.

여태까지 보인 모습이 거짓은 아니라는 듯 가볍게 증명해 보였다.

곧 최상층에 적막이 흘렀다.

'그럼…….'

한 명은 선택을 했고 이제 무영만 남았다.

그리고 무영은 큰 문으로 향했다.

작은 문을 넘어서자 던전의 입구가 눈에 들어왔다.

'진짜 돌아왔어!'

체력이 고갈되어 정신이 없었으나 아이린은 젖 먹던 힘까지 짜내서 움직였다. 즉시 노인을 찾아가 발탄의 치료를 부탁했다. 의술에 대한 지식이 있는 건 그뿐이었다.

하지만 약초도 시설도 미흡한 이곳에선 분명히 한계가 있었다. 노인의 표정이 안 좋아졌고 아이린의 조급함은 절정에 달했다.

그때 발탄이 눈을 떴다.

"발탄!"

"아이린……."

"정신이 들어? 조금만 기다려. 지금 치료 중이야."

발탄은 힘없이 웃어 보였다. 자신의 몸 상태가 어떻다는 것쯤은 발탄도 잘 알고 있었다.

"아이린."

"말 줄여. 출혈이 심해."

"영주님을…… 원망하지 마라. 그분은, 나를 살리려고…… 최선을 다했다."

"그게 무슨 말이야?"

"던전에서 정신을 잃은 게 아니야. 계속해서 지켜보고 있었다."

왜인지 조금씩 힘이 돌아왔다. 죽기 직전 잠시 발화하는 현상과 같았다. 발탄은 이 틈에 계속해서 말했다.

"독은 닿자마자 내 피부를 썩게 만들었지. 잘라내지 않았다면 썩어버린 피부와 장기가 나를 고통스럽게 죽였을 거야. 네가 입을 대지 못하게 막은 것도 같은 의미다. 그 독은 닿는 순간 신체를 썩게 만드니까."

"다리를 자른 게 너를 살리려고 그런 거라고……?"

아이린은 믿기지 않는다는 눈초리로 발탄을 바라봤다.

하지만 그래선 안 된다.

발탄은 저 오해만큼은 풀어주고 싶었다.

"내가 다친 이후, 쉬지 않고 최상층으로 향하셨지. 그분은 우두머리를 해치우면 던전 입구로 향하는 문이 나타난다는 사실을 알고 있었던 거다. 아니라면 굳이 위험을 무릅쓰며 그렇게 저돌적으로 돌파할 이유가 없어."

침을 꿀꺽 삼킨 채 계속해서 말했다.

"설령 아니더라도 우리는 믿어야 한다. 그분이 아니었

면 우린 다 죽었을 거다. 하이데거의 폭정은 아이린 너도 겪어봤으니 알겠지. 그러니…… 그분을 원망해선 안 돼. 정작 우리는 아무런 도움조차 되지 못했으니."

"아, 알았어. 알았으니까 진정해. 상처가 터졌잖아."

"내 앞에서 약속해다오. 그분을 원망 안 하기로. 믿고 따르기로."

"처음부터 원망 안 했어! 그냥 매정하다고 생각했을 뿐이야. 하지만 이제는 그런 생각도 하지 않을게. 영주님은 오늘부터 내 하늘이야. 태양이고 바다야! 이제 됐지? 발탄, 제발……."

"그 말을 듣고 싶었다."

발탄이 미소 지으며 다시 제대로 누웠다.

아이린의 성격 덕분에 구원받은 사람이 많다. 발탄 역시 그중 하나였다.

한데 최악의 선택을 하게 놔둘 수는 없었다.

목숨이 경각에 달했지만 무리해서라도 되돌릴 필요가 있었다.

'부디 우리를 굽어 살피옵소서.'

발탄은 기도했다.

〈'멀록왕의 유물 창고'에 입장했습니다.〉

〈최초 입장자의 혜택으로 두 가지를 선택할 수 있습니다.〉

창고로 들어서자 이와 같은 글귀가 떠올랐다.

최초 입장. 뭐든지 최초는 보다 많은 보상을 받게 마련이었다.

무영은 바로 주변을 둘러보았다.

매캐한 냄새. 온갖 물건이 정리되지 않고 처박혀 있었다.

'불타르의 창고와는 대비되는군.'

적어도 그곳은 정리가 잘되어 있었다. 하지만 이곳은……
쓰레기장이란 말이 절로 떠올랐다.

무영은 천천히 주변을 돌며 물건을 하나하나 집어 보았다.

'너무 오래됐어.'

녹슬지 않은 게 없었다.

창고가 만들어지고 방치된 지 수천 년은 지난 모습이다.
아무도 관리를 안 했으니 지금의 상태가 된 것이었다.

하지만 모두가 그런 건 아니었다.

오랜 시간이 지나도 원형을 유지하는 물건이 몇 있었다.

'이게 여기 있었군.'

10개도 채 안 되는 멀쩡한 장비 중에서 한 가지가 유독 눈에 들어왔다.

무영은 해골 모양의 목걸이를 손에 쥐었다.

명칭: 해골 장신구

등급: A

분류: 장착형

내구: 1,988

효과: 미치광이 리치가 사용하던 장신구. 현재는 하나의 해골만 달려 있지만 최대 다섯 개까지 늘릴 수 있다. 늘리는 방법은 대상의 목을 갈취해 장신구를 사용하면 자동으로 축소되어 해골 모양으로 추가된다.

* 갈취한 대상의 머리에 따라 능력치 증가.

* 현재 1개의 머리 장착 중.

* 적치호의 머리(힘, 민첩+4).

워낙 오래돼서 내구는 꽝이었지만 효과는 좋았다.

말인즉, 누군가를 죽이고 그자의 머리를 해골 모양의 장신구로 만들 수 있다는 의미다. 추가된 머리의 특성이 반영되어 능력치 등이 오르고 말이다.

'과거 하이데거가 모든 거대 집단에 쫓긴 원인.'

그렇다. 이 해골 목걸이는 과거 하이데거가 착용하던 장비다.

대혼돈이 시작되고 그가 본격적으로 활보할 때 그는 이 목걸이에 추가할 '머리'를 찾아다녔다.

그리고 아홉 길드와 오대세가의 강자들을 사냥하며 머리를 수집했다. 그 기괴한 일화로 인해서 '머리 사냥꾼'이란 이름마저 붙을 정도였다.

'여기서 구한 거였나.'

무영은 가만히 납득하며 목걸이를 목에 둘렀다.

내구는 꽝이지만 수리할 방법이 없진 않았다.

'어차피 헤들리의 소를 잡거든 세 자루 곡괭이 연합을 찾아야 한다.'

헤들리의 소, 불사조의 시체를 얻으면 그다음은 가진 재료를 합해서 장비로 만들 차례다.

그러기 위해서 생각한 게 '세 자루 곡괭이 연합'이었다.

드워프들이 만든 연합!

드워프는 워낙 이곳저곳 이용당하는 존재라 아주 깊숙한 곳에 숨어 살았다.

무영은 그곳을 찾아가는 방법을 알고 있었다.

무기나 갑옷 등을 만드는 데 있어서 드워프의 실력을 따라올 존재는 없다. 불사조의 신체라도 최소 A++등급 이상의 물건으로 만들어낼 것이다.

부서진 장비도 그때 수리하면 되었다.

무영은 계속해서 다음 보상을 찾아 움직였다.

그리고 작은 항아리 앞에 멈춰 섰다.

'멀쩡하군.'

어지간한 물건은 모두 부식되었는데 항아리는 멀쩡하다는 게 말이 안 된다. 그냥 지나칠 법도 했지만 아무런 흠조차 없어서 시선을 끌었다.

게다가…….

'망령들이 반응하고 있다.'

아수라도의 망령들이 항아리에 반응하고 있었다. 정확히 말하자면 항아리 안에 있는 무언가에 반응하는 중이었다.

무영은 손을 집어넣었다.

그리고 먹물처럼 까만 작은 구슬 하나를 꺼냈다.

'이건?'

아무런 설명도 떠오르지 않았다. '하늘의 눈' 스킬을 사용해도 마찬가지였다.

그래서 무영은 망령들을 풀었다.

그러자 모든 망령이 구슬을 공격하기 시작했다.

쩌적! 쩌저적!

마침내 구슬이 깨지며 그 안에서 푸른빛이 튀어나왔다.

"멀더턴?"

무영은 이맛살을 구겼다.

푸른빛은 이내 하나의 형상을 갖췄는데 어디선가 많이 본 모습이었다. 고대 문헌 속에 존재하는 멀록왕 멀더턴과 다를 게 없었다.

무영은 오른손을 들었다. 망령들이 공격을 멈췄다.

-오오, 나를 아는가?

"멀록왕, 왜 항아리 안에 갇혀 있지?"

-갇혀 있었나? 잘 모르겠군. 난 단탈리온과 얘기하는 중

이었는데…….

"단탈리온? 71좌의 마신을 말하는 거냐?"

─그래, 그 녀석 말이다. 내 출생의 비밀을 알려준다고 해
서 심심타파 삼아 이야기를 들어보았다. 바다의 왕인 나에게
시간이란 매우 따분한 것이었으니.

언제 적의 이야기인가.

무영은 의구심이 들 수밖에 없었다.

마계가 열린 건 100년 전이 아니었나?

─음? 내 몸이 어디 간 거지?

"넌 죽었다. 아주 오래전에."

─뭐? 그, 그러고 보니 육체적 감각이 완전 사라졌군.

멀더던이 자신의 몸을 살피곤 경악했다.

─농담은 아니겠지?

"못 믿겠다면 확인시켜 주마."

무영은 창고를 나섰다.

이어 던전을 내려가며 멀더던에게 멀록을 소개해 줬다.

멀록들은 멀더던의 영혼 때문인지는 몰라도 더 이상 무영
을 공격하지 않았다.

그리고 모든 멀록의 상태를 확인한 멀더던이 땅을 치며 후
회했다.

─저놈들은 멀록이 아니다! 왜 죄다 머저리가 된 것이냐!

"역시 과거와는 다른 모양이군. 네가 죽고 멀록은 퇴화

했다.”

─크아아! 단탈리온, 이 새끼! 나를 속였구나!

뒤늦게 사실을 알아차린 멀더턴은 몸을 부르르 떨었다.

─으아아! 육체를 갈아서 물고기밥으로 던져 주마!

죽은 것조차 모르고 죽었다.

멀더턴이 단순한 것도 있겠지만 그만큼 마신 단탈리온의
수완이 대단하다고 해야 할 것이다.

'놈에게 비밀을 들으면 안 된다.'

단탈리온에게 비밀을 듣게 되면 육체적 자유를 속박당한
다. 멀더턴은 그 사실을 몰랐던 듯싶었다.

“어쩔 거냐? 이대로 돌아간다면 말리진 않겠다. 하지만 나
를 따른다면 단탈리온에게 복수하는 걸 도와주겠다.”

─따른다는 건 어폐가 있다. 하지만 젠장. 방법이 없구나!

단탈리온에게 속았다는 사실에 그는 분노하고 있었다.

한참을 생각한 멀더턴이 다시금 말했다.

─좋다. 단탈리온을 죽일 수만 있다면 뭔들 못 하랴!

이윽고 멀더턴이 주변에 떠다니는 망령들을 제압하며 무
영의 몸 안으로 들어갔다.

〈멀록왕, 멀더턴의 영혼이 아수라도에 들어섭니다.〉

〈정복율 5.5%〉

〈아수라도의 거대한 존재들이 경각심을 드러내기 시작했습

니다.〉

〈'멀더던 왕의 던전'을 정복했습니다.〉

〈'멀록의 후예'가 발동합니다. 멀록들이 조금씩 성장해 나갑
니다.〉

멀록의 성장이라.

'서로 좋은 경쟁 상대가 되겠군.'

영지민과 멀록은 살기 위해 경쟁하는 상대가 될 것이었다.

서로가 성장하며 라이벌 구도로 간다면 나쁘지 않은 결과
가 나올 듯싶었다.

잠시 후 무영의 몸속에서 다시금 멀더던이 나왔다.

다른 망령과 달리 멀더던은 상당히 자유로웠다.

―아수라도? 여긴 뭐하는 곳이냐? 미친 녀석들이 천지구나.
내 직감에 따르면 먼저 이곳을 정복해야 할 듯싶은데……. 하
지만 내가 부릴 수 있는 망령의 숫자가 너무 적다!

"숫자는 조만간 늘려주마."

―정복하면 뭔가가 나타날 것 같다. 내 영혼을 강화하고
너에게도 도움될 것이 저 아수라도에 분명히 있다. 크하하!
이런 전장은 또 오랜만이로구나!

멀더던은 흥분하고 있었다.

아수라도의 광기에 약간 전염된 듯했다.

다시 멀더던이 몸 안으로 들어갔고, 무영은 던전을 빠져나

왔다.

던전을 빠져나온 무영은 며칠 정도 영지에 머물렀다.

발탄은 여전히 중태였지만 무영을 대하는 아이린의 태도나 눈빛이 달라졌다. 그다지 신경 쓰진 않았지만 변화라면 변화였다.

하지만 오랜 시간 머물고 있을 수는 없었다. 아무리 자신의 영지래도 해야 할 일이 있었다.

'리틀 위시.'

무영은 구름 모양의 그것을 꺼냈다. 작은 소원 세 가지를 들어주는 물건, 헤들리의 소를 찾을 때가 됐다.

구름의 귀퉁이를 떼어냈다.

정확히 3분의 1가량.

꿀꺽!

거침없이 삼켰다.

무영의 전신이 한차례 바르르 떨렸다. 이어 두 눈이 충혈되고 모든 구멍에서 피가 흘러나왔다.

작은 소원.

그게 무엇이든, 바라는 게 이뤄진다는 건 '기적'에 가깝다. 그런 기적이, 사용하기만 한다고 이뤄질 리가 없다.

기적을 행하는 자.

소원을 비는 자는 합당한 대가를 치를 필요가 있었다.

리틀 위시는 사용자의 몸에 부담을 주는 것으로 이를 합리화시킨다. 죽기 직전에 본다는 '주마등'과 비슷한 걸 보여주며 영적인 능력을 최대화시킨다고 해야 할 것이다.

이어 무영의 눈앞으로 환영 하나가 스쳐 지나갔다.

"무엇을 원하시나요?"

풀밭에 앉은 아름다운 여인.

순백의 날개가 펄럭이고 나신의 상태로 무영을 바라봤다. 영락없는 천사 그 자체지만 이것은 단순한 환상이다. 진짜가 아니고 이렇게 보이도록 설정해 놓은 것에 불과했다.

일명 가짜 천사인데 신성 도시 뮬라란의 수만 사제가 머리를 맞대고 만든 천사의 이미지였다.

마계는 오로지 괴물과 악마만 있는 세상.

정작 성직자라 칭하는 그들도 악마는 숱하게 보았으나 천사는 본 적이 없으니 어찌 진짜를 표현하겠는가.

그렇기에 사제란 보이지 않는 것을 믿으며 행하는 자였다.

무영은 정작 힘을 주는 존재가 천사가 아닐 수도 있다는 생각을 가졌다.

"헤들리의 소를 찾고 있다."

"그대의 소원은 이루어질 거예요."

무영이 말을 꺼내기 무섭게 환영이 점차 걷혀갔다.

왜 굳이 이런 식으로 진행되게 했는지 모르겠지만 어쨌거나 소원을 이루는 행위인 만큼 경건함을 느끼길 원해서일 수도 있겠다.

'서쪽.'

환영이 걷히자 무영의 눈에만 보이는 붉은 선이 서쪽으로 이어지기 시작했다.

동시에 무영의 시야 영역이 확대되고 '한 장면'이 스쳐 지나갔다.

'서쪽에서 도깨비들이 이동하고 있다.'

대규모 이동이었다. 족히 10만은 넘어 보인다.

그들이 어딘가를 향해 걷고 있었다.

그중에는 뿔이 달린 왕도 많았다. 각자 자신의 부족을 이끌고 한 지점을 향해 모이고 있었다.

무영은 처음 오가르를 만났을 때 그가 했던 말을 상기했다.

'움의 재림!'

무슨 의식인지는 모른다.

하지만 오가르는 무영을 도깨비로 착각하고 서쪽으로 도깨비 무리가 움직이고 있다며 말한 적이 있었다.

'저 사이에 헤들리의 소가 있나 보군.'

왜 하필 도깨비들 사이에 있는 걸까?

하지만 한 가지 확실한 건 있었다.

보이는 모든 게 도깨비였다. 다른 종족은 보이지 않았다.

고로 헤들리의 소는 현재 도깨비의 모습을 하고 있을 가능성이 매우 높았다.

'헤들리의 소가 도깨비로 변한 이유……'

헤들리의 소도 넓은 의미로 보자면 요정이다.

단순한 장난일 수도 있고 움의 재림 자체에 무슨 의미가 있을 수도 있었다.

그것을 확인하러 가야 한다.

하지만 일단은 조금 쉬어야 할 것 같았다. 몸이 불덩이처럼 뜨거웠다. 머리가 어지럽고 구역질이 났다.

무영은 잠시 벽에 기대어 눈을 감았다.

부작용이 있다는 건 알고 있었지만 이 정도일 줄이야.

'한숨 자고 나면 괜찮아질 것이다.'

그러나 무영은 누구보다 자신의 몸 상태를 잘 알았다.

헤들리의 소가 어디 있고 어디로 향하는지 알았으니 몸을 추스른 뒤 움직여도 될 듯했다.

충만한 죽음의 기운이 느껴지는, 그럼에도 죽지 못해 버티고 있는 영혼의 울부짖음이 들렸다.

저녁.

어두운 밤하늘의 그림자 속에서 무영은 그 기운을 좇아 한

막사를 찾았다.

'발탄.'

그였다.

그는 죽어가고 있었다. 한쪽 발이 잘린 직후 치료를 못 한 게 치명적이었다. 오로지 정신력으로 버티는 중이었다.

무영은 리틀 위시의 후유증으로 잠에서 깨어난 이후 본능처럼 이곳을 찾았다.

수많은 죽음을 보았건만 어째서 이곳만 다른 기분이 드는 건지 알 수 없었다.

"영주님……?"

"죽지 못해 살아 있군."

"추한 모습을 보여드려서 죄송합니다."

목이 다 나갔다. 시체라고 해도 될 만큼 초췌한 얼굴.

발탄이 어색하게 웃으며 말했다.

"그런데 신기하군요. 죽음의 신이 올 줄 알았는데 영주님이 오셨습니다."

"가망이 없다. 버티고 있는 이유가 있나?"

발탄이 힘겹게 입을 열었다.

"이 아이 때문이지요."

그리고 옆에서 곯아떨어진 아이린의 머리를 쓰다듬었다.

이만한 소란에도 죽은 듯이 잠들어 있는 걸 보면 며칠간 제대로 못 잔 듯싶었다.

"그래 봤자 저는 오늘을 넘기기 힘듭니다. 길어야 반나절…… 도움이 못 돼서 죄송합니다."

"처음부터 기대도 안 했다."

"그렇지요. 솔직히 지푸라기라도 잡는 심정이었습니다. 저희는 약자고, 이대로는 마신의 영역에서 절대로 살아갈 수 없으니까요."

콜록! 콜록!

발탄이 격하게 기침을 내뱉었다.

그다음에서야 본론을 꺼냈다.

"원래라면 조용히 가려고 했습니다만 부탁을, 한 가지만 부탁을 드려도 되겠습니까? 정말 간단한 겁니다."

발탄의 눈빛은 간절했다.

무영은 그제야 자신이 이곳으로 발걸음을 하게 된 원인을 알 수 있었다.

죽음의 지배자.

그의 영향이 분명했다.

무엇을 해야 하는지도 자연스럽게 알게 되었다.

"내게 부탁하려면 네 죽음이 필요하다."

지금 꺼낸 이 말이 무엇을 뜻하는지 발탄도 모르진 않을 것이었다.

무영이 언데드를 다루는 걸 계속해서 봐온 탓이다.

그럼에도 발탄은 고개를 끄덕였다.

"저는 이제 죽습니다. 죽음이 두렵지 않아요. 오히려 죽음이 가까워질수록 정신이 맑아지는 느낌입니다."

그 순간.

〈데스 로드의 권능, '죽음의 계약'이 발동했습니다.〉

〈'죽음의 계약'은 죽음을 담보로 이루어지는 계약입니다. 대상이 죽음을 기꺼이 내놓을 정도로 간절할 때만 발동하며 계약 이행 뒤 그 내용에 따라 점수가 더해지고 대상이 죽은 이후 언데드로 만들면 더욱 강한 힘을 발휘할 수 있게 됩니다.〉

그래. 이것이다.

배수지의 친부에 이어 이번엔 발탄에게 권능이 발현되었다.

절로 몸이 움직인 건 아마도 이 권능을 사용할 절호의 기회임을, 그 강렬한 죽음의 기운을 본능적으로 깨우쳤기 때문이리라.

"말해라. 무엇이냐."

살려 달라고 빌까?

아니면 아이린을 지켜 달라고 빌려는 것인지.

발탄은 힘든 몸을 억지로 일으켜 세우곤 무릎을 꿇었다.

"저를 영주님의 기사로 사용해 주십시오. 그리하여 죽어서도 이곳을 지킬 수 있게 해주십시오."

의외였다.

스스로의 죽음을 자각하며 언데드가 되길 자처하다니.

'기사라.'

무영은 내심 비웃고 말았다.

솔직히 발탄의 신체 능력은 형편없다. 무영을 지키는 검이 되기엔 한참이나 부족하다. 발탄도 알고 있을 것이다.

기사는 구실이고 실제로는 이 영토를 지키게 해달라는 게 중심이었다.

그런 식으로라도 남은 사람들을 지키고 싶다는 발로.

"쓸데없는 희생이다."

"저도 그렇게 생각했습니다. 마계는 이기적인 자만 살아남는 악질적인 구조이기에 선한 자는 결코 살아남을 수 없다고요. 지금도 그 생각은 다르지 않습니다. 하지만."

발탄은 이를 악물었다.

"인정하고 가만히 있으면 안 됩니다. 나부터 시작해야 한다는 걸 이곳에 와서 깨달았습니다. 정확히는 아이린이 알려 줬습니다."

"너의 죽음이 이곳을 바꿀 것이라고 보는 건가?"

"예."

한 치의 망설임이 없었다.

오만이다.

그러나 기대지 않고 스스로 개척하려는 태도는 칭찬받아 마땅했다. 적어도 그 태도만큼은 비웃을 수 없었다.

무영은 몸을 돌렸다.

"태양이 뜨면 너는 다시 태어날 것이다."

마치 예언이라도 하듯이 그리 말하곤 떠나갔다.

그리고 다음 날.

영토 수호자, 발탄이 탄생했다.

〈그의 의지는 죽음마저 초월했습니다.〉

〈숭고한 죽음! 스스로 죽음에 다가서며 마침내 영토 수호자로 거듭납니다.〉

〈데스 로드의 권능, '죽음의 계약'이 완료됐습니다. 권능의 힘이 깃들어 능력치가 대폭 상승합니다.〉

〈예술 점수 84점〉

〈지키는 자. 가디언 나이트가 탄생했습니다!〉

이름: 발탄

레벨: 101

성향: 가디언 나이트

힘 112(92+20)

민첩 115(95+20)

체력 160(140+20)

지능 94(74+20)

지혜 92(72+20)

굳건함 80(60+20)

+영토 수호자(지정된 영토 내에선 모든 능력치+20).

+수호의 함성(영토 내, '아군'의 강인함 소폭 상승).

+성장 가능성(지키는 전투를 할 때마다 성장한다.).

+높은 보존율(높은 자율 의지).

　무영은 죽은 발탄을 새롭게 탄생시키며 영토 수호자의 굴레를 씌웠다. 이야기가 좋은 데다 권능의 힘이 깃들었기에 84점이라는 예술 점수를 받을 수 있었다.

　소재가 좋다고 할 수는 없었기에 강화되어도 이 정도지만 충분히 훌륭한 결과다.

　언데드가 된 발탄이라면 무영을 배신할 리도 없다.

　살아생전의 기억을 가지고 있으니 효율적으로 이곳을 지켜낼 수 있으리라 보았다.

　'성장 가능성과 자율 의지.'

　게다가 언데드가 갖추기 힘든 두 가지를 동시에 지녔다.

　권능의 힘이다.

　본래라면 강화되어도 하이데거보다는 약했기에 영토당 하나만 가질 수 있는 영토 수호자로 지정하긴 아까웠을 터다.

그러나 스스로 판단하며 성장할 수 있다면 이야기가 다르다. 뿐만 아니라 잘린 발이 생성되며 온전한 몸을 갖게 되었다. 움직이는 데 전혀 지장이 없었다.

"나를 대신해 한동안 발탄이 대리 영주를 맡을 것이다."

무영은 작게 선언했다.

발탄이라면 여기 모인 모두가 믿는다.

그리고 만약의 사태를 대비해 왕자와 복수자들을 붙여줬다.

수십의 언데드라면 적지 않은 힘이 될 것이다.

"발탄은 나의 기사로서 다시 태어났다. 내가 없는 동안 너희는 발탄을 따라 던전과 이 주변을 개척하라."

"명을 따릅니다."

가장 먼저 발탄이 반응했다.

놀랍게도 전혀 어눌한 발음이 아니었다. 마치 살아 있는 것처럼 눈동자마저 빛을 내고 있었다.

"영주님, 어디로 가시는 건지 물어도 되겠습니까?"

노인이 불안감을 감추지 않고 물어왔다.

무영은 하늘에 이어진 붉은 선을 바라보며 짧게 답했다.

"영의 산맥으로 간다."

영의 산맥. 도깨비들이 의식을 행하고 있는 장소다.

헤들리의 소가 그곳에 꽁꽁 숨어 있었고…… 무영은 술래로서 참여할 작정이었다.

하늘에 있는 붉은 선은 서쪽으로 향하고 있었다.

하지만 시간이 지날수록 차츰 엷어져 갔다.

'벌써 다 도착한 건가?'

십만이 넘는 대열이었다.

이미 전부 목적지에 도착한 모양이다.

하기야 움의 재림이란 의식을 위해 도깨비들이 움직이고 있다는 얘기를 오가르에게 들은 것도 꽤 시일이 지났다.

'지옥마가 있어야 할진대.'

무영은 눈썹을 구겼다.

어느 정도 예상은 했지만 지옥마의 기척이 전혀 느껴지지 않았다. 아무래도 축지의 법보를 사용하고 마신의 영역으로 이동할 때 지옥마는 그곳에 그대로 남아 있던 듯싶었다.

그러나 헤들리의 소를 잡으려면 지옥마의 기동성이 필요할 수도 있었다.

지옥마라면 불사조로 변한 헤들리의 소를 충분히 압박할 수 있을 테니.

'일단 부딪쳐 봐야겠군.'

어쩔 수 없다. 지옥마의 도움이 없더라도 혼자 해볼 수밖에.

무영은 부지런히 서쪽을 향해 움직였다.

거대한 영의 산맥.

십만이 훌쩍 넘는 도깨비가 모였다.

"아움! 아훔! 아움! 아훔!"

"아움! 아훔! 아움! 아훔!"

쿵! 쿵! 쿵! 쿵!

바닥을 차며 노래를 부른다.

어찌나 소리가 큰지 산맥이 울릴 지경이었다.

수천에 달하는 부족이 모였고 모든 종류의 도깨비가 이곳에 있었다.

"흰머리에 뿔이면 빙도깨비 계열의 왕인가? 왜 우리 불도깨비 쪽에 혼자 있는 거냐? 썩 꺼져라. 움의 재림을 행할 기간이라 봐주는 것이다."

누군가가 무영의 어깨를 붙잡았다.

이글대는 붉은 머리칼을 지닌 도깨비의 왕이었다.

거대하기 짝이 없는 체구.

빙도깨비와 불도깨비는 사이가 나쁘다.

"빙도깨비는 어디에 모여 있지?"

"허, 이런 어리바리한 녀석도 꼴에 왕이라고 돌아다니는군. 저쪽이다."

"고맙다."

"뭐, 뭣?"

설마 감사의 인사를 들을 줄은 몰랐다는 듯이 당황했다.

그러거나 말거나 무영은 불도깨비의 왕이 가리킨 장소를 향해 부지런히 발을 옮기고 있었다.

'이 도깨비들 중 헤들리의 소가 있다.'

무영은 확신했다.

움의 재림이 무엇을 위한 의식인지는 몰라도 범상치 않다.

대지가, 마력이 요동치고 있었다. 단지 가까이 한 것만으로도 혼이 빨릴 것만 같았다.

이 넓은 산맥에 도깨비만 온전히 있을 수 있는 이유였다. 그리고 이런 의식을 헤들리의 소가 장난으로 참여했을 것 같지는 않았다.

분명히 움의 재림을 통해 이루고자 하는 게 있다.

'기다려라.'

10만이 훌쩍 넘는 도깨비 중에서 누가 헤들리의 소일까?

무영의 눈빛이 깊게 가라앉았다.

도깨비는 하급과 중급 사이에 놓인 괴물이다.

평균으로 보자면 그다지 강하지 않지만 개체마다 차이가 큰 종족이었다.

'왕'이라 불리는 뿔 달린 존재들이 특히 그렇다.

그리고 도깨비는 그 성향에 따라서 생김새에 약간의 차이가 있다. 그걸 단적으로 알 수 있는 게 머리카락 색인데 빙도깨비는 무영과 같은 흰색의 머리칼을 갖고 있었다.

무영은 빙도깨비들이 모여 있는 장소를 찾았다.

'숫자가 적군.'

오천이 겨우 될까.

다른 계열에 비하면 절반 수준이었다.

"아웁! 아훔! 아웁! 아훔!"

마치 연습 구호라도 되는 것처럼 모든 도깨비가 외쳐 대고 있었다.

무영이 다가서자 방금 전과는 달리 아무도 무영을 제지하지 않았다.

다만, 의아하게 보는 무리는 있었다.

"왜 혼자서 왔지?

"떠돌이 왕인가?"

대개 도깨비의 왕은 수십에서 수백의 무리를 갖는다. 혼자 있는 무영은 눈에 띌 수밖에 없었다.

하지만 적의는 없었다. 오히려 그 반대였다. 어쨌거나 빙도깨비는 숫자가 적으니 한 명이라도 늘어나면 좋은 것이다.

무영은 잠시 고민했다.

'움의 재림. 재림이라 한다면 다시 돌아옴을 뜻한다. 움은

도깨비에게 있어서 중요한 위치의 누군가일 가능성이 높다.'

우선은 이 의식을 파악하는 게 먼저다. 그래야만 아무런 이물감 없이 혜들리의 소를 찾는 게 가능하다.

"움을 본 적 있나?"

무영의 물음을 접한 바로 옆의 뿔 달린 도깨비가 '그걸 말이라고 물어보느냐'는 듯 표정을 구기며 입을 열었다.

"움의 자리는 천 년간 공석이었다."

아아.

무영은 내심 고개를 끄덕였다.

움이란 존재가 아니라 자리를 의미했다.

그런데 천 년이라. 아마도 진정한 우두머리를 이곳에서 정하는 듯싶다.

조금 더 심화해서 물었다.

"그럼…… 이 의식을 통해 누가 움의 자리를 차지하리라고 보는가?"

"그거야 당연히 '서한' 님이다. 빙도깨비 삼천을 다스리는 진정한 지배자이시지. 어디 변방에라도 살다가 왔나?"

서한.

무영은 슬쩍 시선을 옮겼다.

유독 존재감을 드러내는 도깨비가 하나 있었다.

수많은 이의 신뢰 어린 눈빛을 받으며 전신을 파랗게 물들인 도깨비.

'도깨비보단 야차 같군.'

야차. 두억시니라 불리는 종은 실제로 도깨비에서 한 단계 진화한 괴물이다.

무영도 이야기만 들었지 실제로 보는 건 처음이었다.

그리고 저러한 모습을 지닌 두억시니가 이곳에 못해도 다섯 이상은 있었다.

다시 시선을 옮겨, 시원하게 답했다.

"그렇다. 때문에 이 의식에 대해서도 사실 잘 알지 못한다."

그러자 도깨비가 쯧쯧 혀를 찼다.

다행히 더 이상 의심하지 않고 계속해서 이야기를 해주었다.

"검은 별 '훔'이 떨어지고 시련이 시작되면 모든 도깨비가 '움'의 자리에 도전한다. 천 년 전 움의 자리는 불도깨비가 가졌다. 하지만 서한 님이 계시는 한 이번에는 힘들 것이다."

의기양양하기 짝이 없는 표정이었다. 그만큼 서한에 대한 믿음이 높다는 방증이다.

'검은 별이 하늘에서 떨어진다?'

잘 상상이 되지 않았다.

하지만 그 검은 별이라는 게 떨어지기 전에는 모두가 불가침을 지키는 모양이다. 불도깨비가 정말 불같이 화를 냈던 이유가 이해되었다.

"설명 고맙군. 내 이름은 무영이다."

"나는 가온. '얼리는 땅' 부족을 이끄는 가온이다. 보아하니 떠돌이 왕인 듯싶은데 괜한 짓 하지 말고 서한 님을 돕는게 이로울 것이다."

둘이 손을 맞잡았다.

그러나 무영은 가온의 말이 제대로 들어오지 않았다.

'두억시니쯤 되는 존재면 오랜 시간 활동하며 많은 부족을 이끌어야 한다. 그러니 헤들리의 소가 두억시니로 변하진 않았을 것이다. 최근에 들어온 도깨비 중 하나겠지.'

일단 서한을 비롯한 두억시니는 용의선상에서 뺐다.

하지만 이 부분을 쉽게 물어볼 수는 없었다.

운이 나쁘면 헤들리의 소에게 자신을 찾고 있다는 정보만 건네게 될 공산이 크다. 그야말로 최악의 수다.

'최근 들어온 도깨비. 두억시니는 알고 있을 터.'

무영의 눈에 빛이 서렸다.

두억시니는 용의선상에서 제외됐지만 그와 반대로 두억시니는 알고 있을 것이다.

최근에 어떠한 도깨비가 들어오고 따르는지.

그들에게 묻는 게 가장 확실하다.

하지만 지금은 그럴 수 없었다. 너무 눈에 띄는 것도 있고 자칫하면 의심을 산다.

시련이 시작된 뒤.

적당한 순간에 다가가는 게 나을 듯싶었다.

의식은 몇 날 며칠이나 이어졌다.

영의 산맥이 가진 기운은 나날이 강성해졌으며 그럴수록 모두가 집중해서 '아움! 아훔!' 하고 노래를 불렀다.

그리고 무영이 들어오고 정확히 7일이 지난 시점.

쿵-!

하늘에서 '훔'이 떨어졌다.

훔. 시련을 내리는 검은 별. 진정한 움을 가리기 위한 장치!

하지만 훔은 하나가 아니었다.

하늘에서 떨어지는 검은 별의 숫자는 두 개.

"이상하군. 예언에는 하나만 떨어진다고 되어 있었는데."

가온이 고개를 갸웃했다.

"예언이라고 전부 맞을 수는 없다."

무영은 확언했다.

예언이라 불리는 것은 두루뭉술할 때가 많았다.

아니, 안 맞을 때가 더 많았다.

그도 그럴 게 예언이란 '신내림'을 통해서만 받을 수 있다. 말 그대로 신이 내려온다는 뜻이고 생명체는 그 신의 의지를 제대로 듣는 게 불가능하다.

의사소통의 과정에서 왜곡되거나 부풀려질 가능성이 매우 높다.

"하여간…… 시작됐다."

가온이 자신의 부족원 50가량을 끌고 합류했다.

가장 선두에서 이미 두억시니, 서한이 움직이고 있었다.

다른 계열의 도깨비 모두가 마찬가지였다.

산맥 중심에 떨어진 두 개의 별. 그것은 별이라기보다 운석에 가까웠다.

운석이 떨어지고도 별다른 파장이 없는 게 신기하지만 두 개의 운석이 산맥 중심에 모여 있었다.

그리고 운석의 중심부에는 거대한 틈이 있었다.

"무영, 어떻게 할 거냐? 솔직히 떠돌이 왕은 자유롭다. 우리는 너를 강제할 수 없다."

이끄는 무리가 없으니 책임도 없다.

그러나 무영은 어깨를 으쓱해 보일 따름이었다.

"따라가지."

"좋다, 무영. 그럼 나를 따라와라. 너는 우리 얼리는 땅 부족의 손님이다."

자신을 따라오라 하지만 서한을 따라가는 것과 같았다.

가장 앞에선 서한을 비롯한 우두머리격 존재들이 이야기를 나눴다.

그리고 각자의 선택에 따라서 '홈'의 틈 안으로 들어갔다.

무영 역시 마찬가지였고 들어선 즉시 하나의 글귀가 떠올랐다.

〈'무한의 전장'에 입장하셨습니다.〉

〈입장한 숫자는 35,469입니다.〉

〈350이 남을 때까지 나갈 수 없습니다.〉

'무한의 전장?'

무영의 눈썹이 꿈틀댔다.

무한의 전장으로 통하는 입구는 적다. 그다지 오래되지도 않았는데 벌써 두 번째로 발을 디디게 되었다.

처음은 불타르들이 가진 거대한 구슬이었다.

그리고 이번엔 도깨비가 검은 별로 믿는 '홈'이다.

'허.'

왼쪽 어깨 부분을 바라봤다. 18이란 숫자가 적혀 있다. 18 단계까지 한 번 나아갔다는 뜻이고 기록을 갱신할 때마다 숫자가 바뀐다.

'홈의 시련이라는 게 무한의 전장을 뜻하는 거였나.'

확신할 순 없다.

홈은 두 개가 떨어졌다.

나머지 하나는 전혀 다른 시련일지도 모른다.

'그런데 무한의 전장에 이만한 숫자가 들어오는 게 가능했 던가?'

무영은 주변을 둘러봤다.

3만이 조금 넘는다.

최종적으로 이곳을 선택한 도깨비의 숫자였다. 전체에 비하면 적지만 결코 적다고는 할 수 없는 숫자가 모인 것이다.

하지만 무영이 알기로 정상적인 무한의 전장은 한 사람씩만 들어갈 수 있었다.

'달라도 맥락은 같다.'

대규모 무리가 들어올 수 있는 무한의 전장이 있다는 말은 들어본 적이 없었다. 약간 특수한 판을 지닌 무한의 전장인 듯싶었다.

그러나 무한의 전장이 가진 본질은 변하지 않는다.

"죽을 때까지 싸우고 또 싸우는 곳이라고 들었건만. 이 장소는 뭐지?"

가온이 의아함에 혼잣말을 중얼거리자 무영이 지나가는 투로 답했다.

"곧 나올 거다."

"……? 무영, 뭔가 알고 있는 거냐?"

"나왔군."

〈첫 번째 물결이 시작되었습니다.〉
〈고블린 2,500마리〉

너른 평야.

황혼으로 둘러싸인 먼 곳에서 2,500마리의 고블린이 다가

오고 있었다. 놈들을 향해 서한이 가장 먼저 내달렸다.

콰아앙!

높게 뛰어올라 고블린의 무리 가운데로 들어갔다. 이후 바닥을 내려치자 대지가 들썩였다.

두억시니. 도깨비의 진화종이 가진 힘이었다.

"고작 고블린을 잡는 게 홈의 시련이라니."

가온은 맥이 빠진다는 듯이 말했다.

검은 별 홈에 대한 환상 같은 게 있었던 듯싶었다.

하기야 상태창 시계를 가진 사람이 아니면 위와 같은 글귀도 읽을 수 없다.

모든 도깨비가 무영이 본 시련의 내용을 알지 못한다.

하여, 무영은 충고했다.

"끝이 아니다."

이왕지사 들어왔다면 끝장을 봐야 하지 않겠는가.

3만의 도깨비라면 18단계 이상도 가능하리라.

그러기 위해선 방심은 금물이다.

"흥, 그래 봤자 고블린이다. 더 나와도 우리의 상대가 안 돼. 하여튼 무영, 우리도 움직이자. 서한 님 혼자 다 처리하게 둘 수는 없어."

숫자도, 질도 모두 도깨비의 압승이었다.

2,500마리의 고블린이 20분도 채 안 되어서 전멸했다.

그와 동시에 다음 물결이 시작됐다.

〈두 번째 물결이 시작됩니다.〉

〈워 엔트 2,000마리〉

"끝이 아니라고?"

승리에 취했던 가온이 눈을 껌뻑였다.

가온뿐이 아니다.

아무리 허접해도 전장은 전장. 대부분의 도깨비가 승리에 취해 있었다. 그러다가 다른 괴물이 다가오는 낌새를 느끼자 어안이 벙벙해진 것이다.

"끝나지 않는다."

"뭐?"

"이 전장은 끝나지 않는다."

몇 단계를 깨건 그건 중요하지 않았다.

무영은 처음 들어왔을 때 떠올랐던 문구를 상기했다.

'350만 살아나갈 수 있다.'

들어온 숫자의 1% 정도다.

말인즉, 350이 남을 때까지 계속해서 전투를 벌여야 한다는 뜻이다.

무영은 앞쪽을 바라봤다.

불도깨비도 함께 들어왔는데 그 숫자만 1만 가량이었다.

서한과 마찬가지로 그들을 이끄는 것도 두억시니였다. 그냥 무난하게 전장을 깨며 나아가면 모르겠지만……

'부딪칠 수밖에 없다.'

전장의 특성을 깨닫게 되면 필연적으로 부딪치게 된다.

불도깨비와 빙도깨비는 앙숙 관계. 하물며 숫자도 많다면 누굴 먼저 공격할지는 뻔하다.

'준비를 해야겠군.'

무영은 헤들리의 소가 불도깨비 쪽에 있을 가능성이 농후하다고 생각하는 중이었다. 천 년 전, 움의 자리를 거머쥔 계열이 불도깨비였기 때문이다.

한 번이 어렵지 두 번은 쉬운 법.

보다 많은 정보를 갖고 있을 것이다.

실제로 다른 도깨비들에 비해 불도깨비들은 크게 동요하지 않았다. 어느 정도는 예상하고 있었다는 듯. 만약 노리는 것이 있다면 불도깨비 쪽에 붙는 게 당연하다.

그러니…… 무영은 조용히 준비를 하고자 하였다.

어차피 이 전장은 며칠로 끝나지 않는다. 차근차근 덫을 깔 시간적 여유는 충분했다.

무영은 조용히 죽은 도깨비 곁으로 다가갔다.

'이매망량.'

도깨비는 본래 정령에서 시작된 괴물이다.

기본적으로 오행을 따르며 대지의 힘을 사용하는 것만 봐도 알 수 있었다. 그리고 정령과 망령의 관계는 상당히 밀접해 있었다. 타락한 정령을 망령이라 부를 때도 있었으니.

그렇다면 당연히 망령으로 만들어서 부릴 수도 있을 것이다.

'일어나라.'

육도.

그중 아수라도를 열고 혼을 갈취했다.

죽은 도깨비의 시체에서 망령이 하나둘 떠오르며 아수라도로 빨려 들어가기 시작했다.

그것을 본 무영의 입가가 조금씩 비틀어졌다.

17장
두 번째 직업

망령의 숫자는 빠르게 늘어났다. 그만큼 수많은 도깨비가 죽어 나가고 있다는 말이었다.

　도깨비들은 벌써 여덟 번째 물결을 맞이하고 있었다.

　하지만 무영은 여전히 전투에 참여하지 않는 중이었다.

　'죽고 시간이 지나면 혼이 완전히 빠져나가 버린다.'

　혼이 빠져나가면 망령으로 만들 수 없다.

　여덟 번째 물결을 맞이하는 동안 이틀이 지나갔고 무영은 벌써 천에 달하는 망령을 만든 뒤였다.

　무영에게 있어서 이곳은 그야말로 노다지와 같았다.

　수아악!

　도깨비의 신체에서 망령이 튀어나와 그 즉시 무영의 몸속으로 들어갔다.

〈아수라도 정복율 14.7%〉

아수라도.

미친 망령들이 사는 땅에 대한 정복도 시시각각으로 이루어지는 와중이었다.

망령의 숫자가 많아질수록 정복율 또한 가파르게 올랐다.

─아직 부족하다. 더 많은 망령이 필요하니라!

멀록왕 멀더던은 망령들을 이끌고 전쟁을 벌이는 데 신났다. 잔뜩 흥분한 채 무영을 보채고 있었다.

이대로라면 아수라도의 정복도 멀지는 않아 보였다.

'여섯 개의 세상 중에는 하나도 호락호락한 게 없다.'

아수라도, 지옥도, 아귀도, 축생도, 인간도, 천상도!

무영은 잠시나마 그 세상들의 일면을 본 적이 있었다.

하나같이 전율로 가득했으며 그곳을 정복하는 자는 신이라도 될 수 있을 것만 같았다.

적어도 무영이 아수라를 보며 느낀 바는 그러했다.

'눈길이 따갑군.'

다만, 전투에는 전혀 참가하지 않고 죽은 도깨비 근처만 서성대는 무영을 따가운 눈초리로 바라보는 이가 몇몇 있었다.

많지는 않지만 주목을 받는다는 게 중요하다.

'방법을 바꿔야겠어.'

여기서 대놓고 언데드까지 만들었다간 공적이 되기에 충분하다. 모든 도깨비가 그 즉시 무영을 '적'으로 인식하고 공격하리라.

아무리 무영이라도 이 한정된 공간에서 3만이 훌쩍 넘는 도깨비를 피할 수는 없었다.

리스크가 너무 컸고, 그러니 대놓지 않고 '몰래' 언데드를 만들 필요가 있었다.

타악!

하는 수 없이 무영은 방법을 바꿨다.

손을 모아 합장을 한 것이다.

언뜻 보면 죽은 자를 애도하는 것처럼 보였다.

'가만히 있어라.'

혼이 빠져나온 시체 중 정상적인 걸 선별해서 언데드로 만들었다.

대신 움직이지 않게 하였다. 어차피 무한히 지속되는 전장에서 시체를 정리할 시간적 여유는 없었다.

싸우고, 죽고, 그러면 언데드가 된다.

그렇게 200여의 도깨비를 언데드로 만들자 변화가 생겼다.

〈'온갖 도깨비 무리'가 완성되었습니다.〉

〈예술 점수 67점〉

이름: 온갖 도깨비 무리(200)

레벨: 60

성향: 구울

힘 66

민첩 55

체력 66

지능 66

지혜 65

왕자와 복수자들처럼 다수가 하나로 인식된 것이다.

무영은 바로 법보 한 장을 만들었다.

이어 도깨비들을 소환하자 언데드로 만든 시체가 감쪽같이 사라졌다. 모두 법보 안으로 이동된 것이었다.

"내가 잘못 봤나? 시체가 사라진 것 같은데."

"시련에서 나온 괴물의 시체도 사라지는 걸 보지 않았나. 이곳의 특성이겠지."

그 이야기를 듣고 무영은 고개를 끄덕였다.

법보에 대해서 잘 모르는 도깨비는 의아하긴 하지만 시체가 사라지는 걸 '무한의 전장'이 가진 특성 정도로만 이해했다.

차라리 잘됐다. 하루에 50에서 100기만 언데드로 만드는 게 가능했으나 그 착각으로 인해 무영의 움직임에 더욱 탄력이 붙었다.

"그런데 저 도깨비는 뭘 하는 거지?"

"성불이라도 시키려는 건가?"

"단순히 겁이 많은 거겠지. 이래서 빙도깨비들은……."

물론 좋지 않은 시선으로 무영을 바라보는 도깨비도 있었다.

쯧쯧 혀를 차고 무영의 가치를 깎아냈다.

한 번도 전투에 참여하지 않았으니 그들 모두가 무영을 겁쟁이로 낙인찍은 것이다.

하지만 개의치 않았다. 허술한 도발에 넘어가지도 않았다.

전투 참여는 마지막에 가서 해도 충분하다. 지금은 망령과 언데드를 만드는 데 집중해야 할 시간이다.

'너무 빠르긴 하군.'

무영은 틈틈이 전장의 상황을 살피는 걸 잊지 않았다.

벌써 10단계.

보스 레벨의 괴물이 출현했다.

10번째 물결을 맞이하며 도깨비의 숫자도 2천가량이나 줄었다. 꼼수를 모르는 데다 서로 경쟁하듯이 싸우고만 있으니 벌어진 일.

이대로 가도 20단계는 무난하게 돌파하겠지만 그 이상부터가 고비일 듯싶었다.

"무영, 너는 꼭 제사장 같구나."

그때 '얼리는 땅' 부족의 왕인 가온이 무영에게 다가왔다.

그는 팔을 다친 상태였다.

"제사장?"

"움의 재림을 예언해 낸 것도 제사장이시지. 그분은 혼을 다루고 삼라만상의 세계로 들어갈 권한이 있다. 지금 네가 하는 것처럼 죽은 자에 대한 기도를 하는 것도 그분의 역할 이었고. 하지만."

가온은 푸욱 한숨을 내쉬며 말을 이었다.

"지금은 제사장이 필요 없다. 전선에서 싸워야 할 때다. 아무리 떠돌이 왕이라고는 하지만 왕인 그대가 가만히 있으면 우리 빙도깨비의 체면이 곤두박질쳐."

무영의 기행을 보다 못해서 충고하러 온 모양이었다. 불 도깨비와 함께 있는 장소이니만큼 보이는 것에 얽매이고 있 었다.

하나 무영은 묵묵히 하던 일을 마저 하였다.

누군가의 시선을 신경 쓰기엔 시간이 아까웠다.

"왕이라고 모두 강한 건 아니지. 무영, 네가 제사장 부류 의 도깨비라면 싸움이 익숙하지 않은 것도 이해가 된다. 그 냥 싸우는 시늉만 해라. 나, '얼리는 땅'의 왕인 가온이 네 안 전을 책임지마."

"네가 내 안전을 책임질 필요는 없다."

무영은 자신의 허리를 한 차례 두드렸다. 허리에 달린 비 탄이 흔들리며 모습을 과시했다.

그러자 가온이 고개를 절레절레 내저었다.

"지금 서한 님이 고군분투 중이지만, 다른 도깨비의 희생이 너무 커. 여기서 위신까지 말려 버리면 불도깨비의 판만 될 것이야."

"한 마리만 남겨라."

"……?"

"적을 모두 죽이면 다음 단계가 시작된다. 반대로 한 마리만 살려도 쉴 시간을 벌 수 있다."

쉴 시간을 벌 수 있으면 희생도 줄일 수 있다.

빙도깨비는 숫자가 적기에 최대한 안전한 길을 걸을 필요가 있었다.

가온이 눈을 번쩍 뜨며 되물었다.

"정말인가?"

"거짓말을 해서 내가 얻을 게 있나?"

무영은 초연하기 짝이 없는 태도를 보였다.

그저 충고 한마디.

받아들이고 말고는 저들의 몫이다.

"흠……. 그건 그렇군. 서한 님에게 한번 말을 건네보아야겠어."

가온이 다시금 부리나케 전장으로 투입됐다.

그리고 무영 역시 합장을 시작했다.

"하여간 별종이야."

"저런 겁쟁이 도깨비를 신경 써서 뭐해? 그보다 이번에 나타난 적이 만만치 않아. 빨리 가서 합류해야겠어."

무영에 대한 관심도 금세 꺼졌다.

타악!

망령이 솟고 언데드가 차곡차곡 만들어졌다.

결과적으로 무영의 충고는 받아들여지지 않았다.

그럴 수밖에 없었다.

이곳에 빙도깨비만 있었다면 모르지만 라이벌 관계인 불도깨비가 함께하고 있었다.

한 마리만 남기려고 해도 그들이 가만두지 않았다. 오히려 더욱 전투를 가속화시켜서 몰아붙이는 중이었다. 자멸의 길로 스스로 걸어가고 있다는 걸 눈치채지 못한 채 작은 것에만 몰두하는 것과 다를 바가 없었다.

〈열아홉 번째 물결이 시작됐습니다.〉
〈미노타우르스 200마리〉

음머어어어-!

거대하기 짝이 없는 괴물이 포효했다.

두 개의 발과 소의 머리를 가진 괴물은 도깨비에게 있어서 천적과 같았다. 자체 마법 저항도 높고 가죽도 질기기 그지없어서 어지간한 공격은 통하지 않았다.

미노타우르스를 상대할 수 있는 건 도깨비의 왕과 두억시니뿐이었다.

쾅! 쾅! 콰아앙!

두억시니, 빙도깨비의 지배자인 서한은 파괴적이었다.

주먹이 닿으면 그 부분이 얼고 깨진다. 힘도 놀라울 수준이어서 천하의 미노타우르스가 밀릴 정도였다.

하지만 서한은 조금씩 지쳐 가고 있었다.

다른 도깨비들은 눈치채지 못했지만 조금씩 내부가 망가지는 중이었다.

'아르오.'

서한이 시선을 돌렸다.

불도깨비의 지배자, 아르오!

놈이 있는 이상 약한 모습을 보일 수 없다.

서한과 마찬가지로 도깨비를 탈피해 진화한 두억시니.

오래전부터 둘은 서로 앙숙 관계였다. 수많이 싸웠으나 단 한 번도 제대로 된 결과를 내지 못했다.

100전 100무라는 전적이 말이 되는가.

하지만 어쩔 수 없는 일이었다.

둘의 힘은 막상막하. 둘 중 하나가 죽으면 한쪽은 거의 죽기 직전의 상태를 맞이할 게 뻔했으므로 항상 흐지부지하게 끝났다.

'이번에야말로 이겨주마.'

그러나 이번에는 다르다.

서한은 승리를 위해 무리하고 있었다.

자신이 무리한다는 말은, 아르오도 무리하고 있다는 말과 같다. 애써 괜찮은 척하고 있지만 분명 힘들 것이라고 생각했다.

그러나 미노타우르스와 계속해서 싸우면서 그게 아니라는 게 밝혀졌다.

'놈은 지치지 않았다.'

반대로 서한은 지쳤다.

어찌 된 일일까?

'불도깨비들이 이렇게 강했던가?'

서한은 그제야 이상한 사실 하나를 깨달았다.

불도깨비들 자체가 강화되어 있었다. 정확하게는 서로가 서로의 체력을 '공유'하는 중이었다.

당연히 아르오는 지치지 않는다. 지치면 다른 도깨비의 체력을 뺏어오면 그만이었으니.

본래는 없었던 기술이다.

저런 기술을 어디서 익혔는지 모르겠지만…… 참으로 악독한 지배자라 아니할 수 없었다.

〈스무 번째 물결이 시작되었습니다.〉

〈특이점이 발생했습니다.〉

〈검귀(劍鬼) 오크 로드 1기, 오크 대전사 50기〉

서한은 새롭게 나타난 적을 보며 눈살을 찌푸렸다.

오크 로드와 오크 대전사!

쉽지 않은 상대다. 특히 오크 로드는 두억시니와 마찬가지로 오크라는 종족의 탈 자체를 벗어난 괴물이었다.

불도깨비들이 가장 먼저 의기양양하게 나섰다.

서한은 이를 갈았다. 이대로면 주도권을 뺏기고 '움'의 자리마저 눈뜨고 양보해야 할지도 모른다.

움은 누구나 인정한 공로를 쌓아야만 올라갈 수 있는 자리.

'넋 놓고 있을 순 없다.'

서한이 움직였다.

화르륵!

쩌어엉!

오크 로드는 불도깨비의 지배자 아르오가 뿜어내는 불꽃을 갈랐다. 거대한 대검을 휘두르며 무차별하게 밀어붙였다.

제아무리 아르오래도 1:1로 오크 로드를 상대하긴 어렵다.

재빨리 수백의 불도깨비가 둘러싸서 불을 토해냈지만 오크 로드가 검을 한 번 휘두르자 거대한 풍압이 일어나며 소거되었다.

모든 불도깨비가 당황했다. 아르오도 다르진 않았다.

쩌저정!

쿵!

이어 하늘에서 생성된 거대한 얼음덩어리가 오크 로드를 찍었다.

서한이 만들어낸 회심의 일격.

촤아앙!

반드시 타격이 들어가리라고 확신한 공격이었건만.

오크 로드는 그 얼음마저 반쪽으로 나눠 버렸다.

하나 나타난 상대는 일반적인 오크 로드가 아니었다.

검귀(劍鬼)!

검의 귀신이라는 뜻의 명호를 달고 있었다. 제대로 검술을 익혔다는 의미다.

오크 로드와 오크 대전사는 도깨비들이 정비할 틈도 없이 밀어붙였다. 그 기세가 수만의 도깨비를 압도했다.

"놈은 눈이 보이지 않는다."

그때 웬 빙도깨비의 왕 하나가 서한의 옆으로 다가왔다.

서한은 고개를 갸웃하며 다가온 도깨비를 바라봤다.

"노리려면 측면을 동시에 노려라. 저 불도깨비를 이끄는 두억시니와 합공하면 이길 수 있을 것이다."

빙도깨비는 모두 서한에게 깊은 존경심을 보인다.

하지만 눈앞의 도깨비는 그런 게 전혀 보이지 않았다. 무감정 그 자체였다.

그러다가 서한은 잠시 놀랄 수밖에 없었다.

'언제 다가온 거지?'

바로 옆에 올 때까지 그 존재를 눈치채지 못했다.

아무리 신경을 다른 데 쓰고 있었다지만 있을 수 없는 일이다.

'이놈은 대체?'

서한은 잠시 넋을 잃었지만 그뿐이었다.

오크 로드는 계속해서 움직이고 있었다. 더 시간을 들이면 피해만 늘어난다.

그러니 선택해야 했다.

눈앞에 있는 도깨비의 말을 믿고서 싸우는 방식을 바꿔야 할지.

다소 자존심이 상하지만 협력을 구한다면 불도깨비의 지배자 아르오도 응해줄 것이다.

하지만 그러려거든 확신이 필요하다.

정말 저 오크 로드는 시야가 보이지 않는단 말인가.

반응을 보면 그건 절대로 아닌 것 같다.

하지만…… 이 도깨비의 말을 왜인지 무시할 수가 없었다. 이러한 무게감을 주는 존재는 흔치 않다.

도깨비에서 진화한 두억시니는 존재의 본질 자체를 꿰뚫어 볼 수 있다. 진실과 거짓도 어느 정도는 구분할 수 있다.

'아무것도 보이지 않고 느껴지지 않는다. 진정 도깨비가 맞단 말인가?'

한데 이런 경우는 처음이었다.

이놈의 본질은 공허함 그 자체다. 바람처럼 왔다가 바람처럼 사라지는 먼지와도 같다.

하지만 무게 그 자체는 먼지와 비교할 수 없었다.

놈이 말하는 모든 말이 진실처럼 다가왔다.

모순이다.

하지만 사실이다.

"이름이 무엇이냐."

"무영."

역시나 들어본 적 없는 이름이다.

서한은 멈춘 발걸음을 다시 뗐다.

전신을 들썩이며 거친 숨을 내뱉었다.

만약 저 도깨비의 말이 맞으면 크게 치하할 것이고 아니라면 자신을 기만한 일로 치도곤을 칠 것이다.

"그 이름, 기억하겠다."

"기억하지 않아도 된다."

"……?"

서한의 눈가가 굳었다.

자신이 이름을 기억한다는 건 빙도깨비에게 있어서 무한한 영광이다.

그는 빙도깨비의 지배자였고 '움'의 자리에 도전하는 대전사였기에.

하지만 무영은 그런 건 아무 상관도 없다는 듯 무심하게 이야기했다.

"앞으로는 가온을 통해 말을 전하겠다."

그리곤 미련 없이 등을 돌렸다.

'뭐 저런 놈이…….'

그야말로 무례함 그 자체다.

적대적 관계인 불도깨비에게도 이런 취급은 당해본 기억이 없었다. 하물며 같은 계열의 도깨비에게서 이런 감정을 느끼게 될 줄이야.

앞에 드러나기 싫다는 의지가 절절하게 느껴졌다.

서한은 저 행태에 잠시 당황했으나 이내 혀를 차곤 고개를 내저었다.

시간이 아깝다.

스아아아아아.

얼음으로 이루어진 기다란 창이 서한의 오른손 위에 창조되었다.

'측면. 측면이라.'

쿵!

서한이 땅을 딛고 빠르게 오크 로드의 측면을 공격했다.

무영은 멀리서 호쾌하게 목이 날아가는 오크 로드의 모습을 바라봤다.

빙도깨비의 지배자, 서한.

다행히 마지막을 장식한 건 그였다. 최소한의 체면치레는 한 셈이다.

"서한! 서한! 서한!"

"아움! 아훔! 아움! 아훔!"

빙도깨비들 사이에서 잔치가 났다.

과정이 어쨌든 결과가 거의 전부인 세상이다.

오크 로드의 목을 서한이 잘라냈으니 그 공로는 대부분 서한에게 있다고 봐도 무방했다.

'아직은 전면에 나설 때가 아니다.'

무영은 한 발자국 물러나서 저들의 모습을 눈여겨봤다. 20단계를 넘었으니 최소 몇 차례는 고비가 없을 터였다.

그리고 무영은 아직 해야 할 일이 많았다.

전면에 나서는 순간 주변에 널린 노다지를 포기하는 게 된다. 하물며 헤들리의 소가 무영을 의심할 여지도 있었다. 방금 전 서한에게 충고한 것도 약간의 위험을 동반한 것이었다.

현재까지는 크게 의심할 여지를 주지 않았지만 이게 반복

되면 독이 될 수도 있다.

'후보는 다섯.'

물론 무영도 언데드와 망령만 만들고 있었던 건 아니다. 날카로운 혜안으로 헤들리의 소를 찾고 있었다.

그리고 불도깨비 중에서 가장 의심 가는 다섯을 찾았다.

최근 들어온 도깨비의 왕이며 무영과 마찬가지로 다스리는 부족이 없고 평범한 도깨비와는 다른 행동을 보이는 자.

정확히는 불도깨비의 지배자 아르오를 살피며 알게 된 것이지만 헤들리의 소가 있다면 저들 중 하나다.

무영은 그렇게 생각했다.

"무영! 들어봐. 서한께서 내게 잘 부탁한다고 하더군. 그만큼 내가 열심히 전방에서 싸웠기 때문이겠지."

열기가 조금씩 사그라질 때쯤 가온이 무영을 찾아왔다.

자랑하기 위해서다.

"축하한다."

무영은 영혼 없는 축하를 보냈다.

앞으로 서한에게 말을 전달할 대상이니 적당히 맞장구는 쳐 줘도 나쁠 건 없었다.

그러자 가온이 고개를 주억이며 콧대를 높였다.

"무영, 너도 전방에서 싸우면 이런 명예를 얻을 수 있다."

"나는 그런 데 욕심이 없다."

"쯧쯧. 외지에서 와서 서한 님의 위대함을 몰라서 그런 소리를 할 수 있는 거다. 계속 서한 님을 지켜보면 절로 존경심을 갖게 될 거야."

서한바라기가 따로 없었다.

서한은 무영이 나서기 싫어한다는 걸 깨닫고 이와 같은 조치를 취한 듯싶었다.

눈치가 빨라서 다행이었다.

무영은 가온에게 신경을 접었다.

'만들어진 망령의 숫자는 이천.'

가파른 속도다. 언데드도 어느덧 오백을 넘겼다.

원래라면 이런 식으로 숫자만 늘리는 건 그다지 좋아하지 않는다.

진정한 강자 한 명이 수천, 수만 명분의 일을 해낸다. 하나에 집중하는 게 훨씬 효율적이라는 뜻이다.

하지만 무영에겐 모든 언데드를 5% 강화시키는 '사악한 허리띠'가 있었고 이 무한의 전장은 주어진 숫자로만 싸움에 임해야 하는 장소였다.

죽은 자를 한 번 더 사용하면 전력이 두 배로 뻥튀기가 되는 것이다.

그렇게 단순히 계산할 수 없긴 하지만 하여간 지금 상황에 한정하여 물량으로 밀어붙이는 건 나쁘지 않은 판단이었다.

'아수라도의 절반은 지배할 수 있겠군.'

멀록왕 멀더던이 이천의 망령을 이끌고 아수라도를 정복

하는 중이었다.

정복율 22%!

그리고 정복율이 높아질 때마다 무영의 내부에서 무엇인가 바뀌고 있었다.

그게 정확히 무어라고 확신할 순 없지만 어느 수준에 도달하면 알 수 있을 것 같았다.

"진지하게 생각해 봐라. 서한 님이 움의 자리에 오르신 뒤에는 후회해도 늦다, 무영."

무영이 별반 관심을 갖지 않자 작은 충고와 함께 가온이 멀어졌다.

다음 물결이 시작됐기 때문이다.

'헤들리의 소를 확정한 뒤에 움직여도 늦지 않아.'

전방에 나서는 순간 살펴볼 틈이 사라진다.

무영은 후보 다섯을 조용히 살피며 부지런히 몸을 움직였다.

전황이 바뀌었다.

정확히는 서한이 무영의 의견을 받아들였다고 해야겠다.

오크 로드의 목을 날린 이후 서한의 위세는 강해졌고 그로 인해 마지막 한 마리를 남김으로써 다음 물결을 늦출 수 있었다.

불도깨비들은 이를 갈았다.

하지만 시간이 지날수록 다시금 격차가 좁혀지고 있었다.

서한은 지쳐 가는 반면 아르오는 지치지 않았다.

'기여도.'

두 두억시니가 신경 쓰는 건 순전히 기여도다.

기여도가 높은 자가 움의 자리에 앉을 수 있다. 그런 의미에서 현재 무영의 기여도는 한없이 0%에 가까웠다.

'낮은 단계에서의 기여도는 아무런 의미가 없다.'

하지만 무영은 개의치 않았다.

높은 단계에서 한 번 활약하는 게 낮은 10단계를 돌파한 것보다 나은 경우도 많았다.

그러니 지금은 힘을 쌓고 기회를 엿볼 시기였다.

그리고 스물다섯 번째 물결을 맞이하자 무영에게도 작은 변화가 일어났다.

〈총 망령의 숫자가 오천을 넘겼습니다.〉

〈멀더던의 정복 속도가 가속화됩니다.〉

〈정복율 48%〉

50%에 근접할수록 눈동자의 모습이 변하고 점차 붉어지고 있었다.

처음엔 몰랐다.

그러나 우연히 시체가 가진 검에 비친 자신의 모습을 보고 깨닫게 되었다.

변하고 있다고.

그 변화의 중심에는 아수라도가 있다고.

그때 무영의 몸속에서 멀더던의 혼이 떠올랐다. 그는 전과 달리 치렁거리는 황금 갑옷과 투구를 쓰고 있었다.

-내가 아무리 전지전능하다지만, 이런 허접한 망령들만 가지고는 정복에 한계가 있느니라. 뿔을 두 개 가진 그 녀석을 이기려면 숫자만 늘려선 답이 없다!

"뿔을 두 개 가진 그 녀석이 누구냐."

-아수라도에 군림하는 놈이다. 그놈은 너와 같은 모습을 하고 있지만 미묘한 부분에서 다르다. 너보다 강하고 너보다 어둡다. 지금은 무슨 이유에서인지 봉인되어 있지만 내가 정복해 나갈수록 녀석이 반응하고 있다.

무영은 미간을 좁혔다.

아수라도의 군림자가 자신과 같은 모습을 하고 있다니.

뿔이 두 개라는 점은 다르긴 했지만, 봉인이라.

"그럼 더 정복할 수 없다는 말인가?

그러나 50%를 목전에 두고 있었다.

무영의 감은 외쳤다. 나머지 2%를 채우면 진짜 변화가 시작될 것이라고 말이다.

멀더던은 잠시 고민하다가 고개를 저었다.

−조금 더 가능할 것 같다. 그러나 욕심은 금물이다. 놈이 깨어나면 지금 정복한 것마저 모두 잃을 가능성이 있다. 이젠 숫자보다 강력한 망령이 필요하다.

멀더던이 하고자 하는 말은 분명했다.

이런 식으로 도깨비의 망령을 아무리 늘려봤자 이제는 한계에 봉착했다는 것이다.

무영은 수긍했다.

그리고…….

〈멀더던의 군세가 아수라도 전역에 이름을 떨칩니다.〉

〈정복율 50%〉

〈망혼력이 크게 상승합니다.〉

〈망자의 지배력이 크게 올라갑니다.〉

〈'아수라의 눈'을 깨우쳤습니다.〉

세상이 반전했다.

죽은 자와 산 자의 위치가 바뀌었다.

산 자는 관심이 없지만 죽은 자는 모두 무영을 바라보고 있었다.

이전부터 이곳에 있던 자들. 단순 도깨비뿐만이 아니라 기존에 죽은 혼들도 보였다.

서한이나 아르오와 같은 두억시니도 있었다.

선대. 움이 되지 못하고 이곳에서 죽어 나간 자들이다.

'이런 거였나.'

아수라의 눈은 망자의 세계를 본다. 경계에 설 수 있게 해준다.

하지만 두억시니 이상의, 강력한 존재들은 무영을 외면했다.

'망혼력이 부족해서인 모양이군.'

기존의 영혼마저 수집할 수 있다면 굳이 도깨비의 것을 모을 이유가 없었다.

그러나 모든 존재를 아우르려거든 망혼력이 더 필요했다.

강력한 혼을 다룰 수 있게 되면 아수라도에 추가할 수도 있고 그 외에 여러 가지로 사용할 수도 있었다.

예컨대…… 무영은 미노타우르스의 혼 하나를 손에 쥐었다.

〈미노타우르스의 혼이 잠시 빙의됩니다.〉
〈30분간 힘이 20 상승합니다.〉

이런 것이다.

'지금은 하나만 가능하다.'

여러 영혼을 중첩시킬 수는 없었다. 하지만 발전할 여지가 분명히 있었다.

무영은 흡족하게 미소를 지었다.

역시 이곳은 무영에게 있어서 노다지가 맞았다.

〈스물아홉 번째 물결이 시작되었습니다.〉

〈오우거 30마리〉

쿵! 쿵!

초록 거인의 등장에 도깨비들은 아연실색할 수밖에 없었다.

여기까지 오며 절반에 달하는 도깨비가 죽었다. 그래도 분위기는 나쁘지 않았다.

하지만 오우거가 나타나자 즉시 긴장감이 배가됐다.

오우거는 상급 괴물이다. 불타르보단 약간 밑에 있지만 단순 괴력에 있어선 불타르를 넘어선다.

도깨비와는 최악의 상성이었다.

두억시니 역시 마찬가지다.

서한은 지칠 대로 지쳤고 아르오 혼자선 오우거 한두 마리를 맡는 게 한계다.

아무리 숫자로 밀어붙인대도 오우거 30마리의 발을 모두

묶을 순 없었다.

"크아아악!"

"아아아악!"

쿵! 콰아앙!

오우거가 움직일 때마다 수십의 도깨비가 생을 마감했다.

그만큼 압도적인 위력을 보이고 있었다.

모든 도깨비가 이를 악물었다.

서한 또한 마찬가지다. 그는 피투성이였다. 오우거 한 마리를 겨우 붙잡고는 있으나 이대로 얼마나 버틸 수 있을지 모른다.

'이대로는⋯⋯.'

서한은 탈골된 어깨를 끼워 맞추며 암담한 표정을 지었다. 여기서 죽으면 기여도고 뭐고 소용이 없었다.

그대로 불도깨비의 지배자, 아르오가 승리하게 된다.

"비켜라."

다시금 오우거와 격돌을 하고자 서한이 준비하고 있을 때였다.

무영이 어느새 그의 옆에 섰다.

하지만 서한은 전처럼 무영을 대할 수가 없었다.

'이건 대체?'

서한의 눈이 커졌다.

무영의 등 뒤로 수천의 검은 망령이 얼굴을 드러냈다. 그것은 마치 검은 폭풍과 같았다.

한 발을 내딛자 망령들이 흩어지며 오우거 한 마리를 집어삼켰다. 망령들로 말미암아 정신적, 육체적인 속박을 행할 수 있었다.

크아아아아아!

오우거가 괴성을 내질렀다.

스릉!

무영은 비탄을 꺼내고 그대로 내달렸다.

하지만 오우거가 머지않아 속박을 풀어냈다.

콰아앙!

그럴 줄 알았다는 듯 무영은 바닥을 박찼다. 순식간에 오우거의 팔을 타고 올라 그대로 어깻죽지를 베어냈다.

하지만 얕다.

망령들이 다시금 움직였다. 수천의 망령이 오우거의 발목을 잡았다.

그러나 오우거는 저항이 매우 높은 존재. 망령의 주박도 순식간에 깨버렸다.

'오우거를 잡을 방법이 없는 건 아니지만…….'

저급 망령들로 오우거의 움직임을 잠시나마 제한한 것 자체가 놀라운 일.

게다가 오우거는 상급 괴물이다.

무영 혼자서는 무리고 언데드를 죄다 소환하면 한 마리쯤

이야 어찌할 수 있었다.

그러나 기존 언데드 외에 도깨비 천여 마리가 준비 중에 있대도 함부로 내보일 수는 없었다.

'언데드는 최후의 수다.'

헤들리의 소를 잡을 때 결정적인 역할을 할 게 언데드였다. 무영은 '헤들리의 소' 후보를 둘로 줄이는 데 성공했다.

최근 들어온 불도깨비의 왕 두억시니 아르오의 신뢰를 받고 변화를 주도한 도깨비가 다섯이 있었다.

그들을 관찰하는 와중 아수라의 눈이 뜨였다. 무영은 망자의 세계를 접하게 됐다.

그런데 망자들은 다섯 용의자 중 두 도깨비의 근처로 쉽게 다가가지 못했다.

강한 요정은 영적인 존재의 움직임을 제한할 수 있다는 걸 무영은 알고 있었다.

고로, 두 마리의 도깨비 중 한 마리가 헤들리의 소일 가능성이 높았다.

'둘이면 충분해.'

후보가 둘뿐이면 감시하고 만약의 사태에서 긴급으로 포박할 여유가 된다.

이제 그 둘을 하나로 줄이고자 무영은 움직이는 중이었다.

헤들리의 소가 원하는 건 무한의 전장에서의 승리다. 무슨 이유에서인지는 몰라도 불도깨비를 도우며 힘을 보태고 있다.

하지만 위험에 부딪히면 모습을 드러낼 수밖에 없을 것이다.

그러려면 불도깨비들이 먼저 위험을 겪도록 조정하는 게 최선이었고 힘의 균형을 맞추기 위해선 서한을 돕는 게 가장 나았다.

오우거는 철저한 사냥꾼이다. 약한 곳부터 도려내게 마련이다. 실제로 숫자가 적은 빙도깨비들부터 쳐내려는 의도가 다분히 보였다.

그러나 무영의 합세로 힘의 추가 맞춰지면 이 현상이 역전될 것이었다.

무영은 그림자 이동을 통해 순식간에 서한의 옆으로 다시금 이동했다.

"지켜만 보고 있을 건가?"

크아아아아아!

오우거가 광폭하여 괴성을 내지르는 것을 보며 무영이 말했다.

역시나 상급 괴물. 무영 혼자서는 버겁다.

그러나 빙도깨비의 지배자 서한이 움직인다면 보다 수월하게 오우거의 숫자를 줄여 나갈 수 있을 테다.

"빙도깨비의 힘이 아니구나."

"예외적인 힘을 사용하는 도깨비가 없는 것도 아니지. 저 불도깨비들도 이상한 힘을 사용하고 있지 않은가?"

빙도깨비라고 빙 계열의 기술만 사용하라는 법은 없었다.

약간의 의심은 살지언정 하나 정도라면 괜찮다.

여기서 언데드까지 내보이면 그건 문제가 되겠지만 망령의 힘으로 잠시 움직임을 제한하는 수준이야 크게 이상할 것도 없었다.

무엇보다 불도깨비들은 서로의 체력을 연계해서 아르오가 지치지 않게 만들었다.

하나, 무영을 바라보며 서한은 침음을 삼켰다.

'망자의 힘이다. 저급한 망자뿐이지만 저 힘 자체는……'

망자의 힘을 다루는 자는 많다.

하지만 무영처럼 다수의 망자를 자유롭게 다루는 사람은 손에 꼽았다. 그리고 그 최종점에 '아수라'가 있다는 걸 서한은 알고 있었다.

도깨비들이 숭상하는 '움'과 '훔'은 결국 아수라를 뜻했다.

아수라라는 진명(陳名)을 아는 자는 손에 꼽았다. 그중 하나가 서한이었다.

훔의 시련을 깨고 움의 자리에 오른다고는 하지만 그 역시 의식의 일부에 불과하다.

진짜 움이 될 수는 없다.

그리고 무영의 모습은 마치, 찰나였지만 진짜 움, 아수라의 현신을 보는 듯했다.

'아니, 그럴 리가 없다.'

과장이다. 서한은 급히 고개를 내저었다.

심신이 피로한 상태라서 드는 착각이리라.

무영은 단순히 망자를 다룰 따름이었다.

"좋다. 일단 힘을 합쳐 오우거부터 막자."

서한은 결단했다.

다른 도깨비보다 무영이 훨씬 강하다. 힘을 합치면 오우거 한두 마리쯤은 충분히 이길 수 있을 듯했다.

물론 자신에게는 못 미쳤지만 같은 빙도깨비라는 게 중요했다.

무영은 무심한 눈초리로 입을 열었다.

"내가 오우거의 발목을 잡는다. 네가 목을 쳐라."

같은 빙도깨비라도 자신에 대한 존경심이라고는 조금도 없어 보이지만……

서한은 내심 혀를 찼다.

지금은 그런 걸 따질 때가 아니었다.

쿵! 쿵! 쿵!

성난 오우거가 다가오고 있다.

촤아아아.

세계의 틈이 갈라지며 그 사이에서 작은 요정 하나가 튀어 나왔다.

요정은 주변을 두리번거리다가 하늘 꼭대기에 있는 누군가를 발견하고 활짝 웃으며 빠르게 다가갔다.

"언니!"

"어머, 우히 왔니?"

나타난 요정은 우히였다.

"우히히. 시련을 만드는 데 조금 도움을 구하려고 왔어요."

"아직도 다 못 만들었어?"

"그게요. 균형을 맞추는 게 어려워서…… 응?"

잠시 사담을 나누던 우히가 지상을 내려다보곤 놀랐다.

"도깨비들이네요?"

"애당초 아수라 님의 요청으로 만든 시련이니까. 마침 시기가 됐지."

"어어, 있다! 우히히."

우히는 산만하게 날아다니며 도깨비 하나를 찾곤 배시시 웃었다.

"아는 도깨비가 있어서 그래?"

"언니, 저 드디어 짝을 찾은 거 같아요."

"설마 도깨비가 짝이라는 건 아니겠지?"

언니라 불린 요정의 눈썹이 꿈틀거렸다.

요정의 짝이 하필이면 도깨비라니.

있을 수 없는 일이었지만 우히는 전혀 개의치 않으며 답했다.

"맞는데요."

"우히, 너 좋다는 요정 많잖니."

"걔들은 다 너무 시시해요. 염소젖이나 더 먹고 와야 해요. 그리고 엄마가 말했어요. 눈을 확 사로잡는 강렬한 남자를 만나라고!"

"엄마? 아, 요정왕님……."

요정왕을 엄마라고 부르는 건 우히가 유일할 것이다.

원래부터 요정은 부모가 없다. 자연에서 태어나 억겁의 세월을 살아가는 존재다.

한데 요정왕이 우히에게 그런 조언을 했다고?

요정왕의 성격을 생각하면 충분히 있을 수 있는 일이긴 하지만 그걸 감안해도 놀라운 일이었다.

그러거나 말거나 우히는 그저 웃어 보일 따름이었다.

"우히히. 분명 우히를 데려가려고 온 게 틀림없어요. 봐봐요. 저 남자는 엄청 강렬하니까."

우히가 집중하며 한 도깨비를 바라봤다.

하나 언니 요정은 인정할 수 없었다.

여태껏 시체 주변만 얼쩡거리던 도깨비가 아닌가.

싸우는 모습은 본 적이 없다.

'우히가 착각한 거겠지.'

저런 도깨비가 싸워도 얼마나 강렬하겠느냔 생각이 있었다.

하지만 오우거가 나타나고, 검은 망령들을 본 뒤로 생각을 고쳐먹을 수밖에 없었다.

"낭군님! 이겨라! 이겨라!"

우히가 폴짝이며 응원하는 것도 무리는 아니었다.

그만큼 남자의 싸움은 격했다.

동시에 보는 이로 하여금 손에 땀을 쥐게 하는 그런 게 있었다.

꽝!

오우거의 몸이 폭발했다.

'이런 것도 가능하군.'

무영은 새로운 발견에 고개를 끄덕였다.

망령을 한데 모아서 부딪치게 만들자 폭발이 일어난 것이다. 단순한 주박에서 벗어나 물리적인 타격을 입힐 수 있게 되었다.

"크으으윽."

절반가량의 오우거를 사냥하고 서한이 한쪽 발을 잠시 꿇었다.

전면에 나서서 전투를 치렀으니 몸이 남아나질 않았던 것이다.

지금까지 버틴 게 용한 수준이다.

툭!

무영은 그런 서한의 등을 발로 찼다.

"일어나라."

"네놈……."

"네가 멈추면 나머지 빙도깨비들은 죽는다."

3만이 넘던 도깨비도 어느새 절반 수준으로 줄었다. 지도부가 무너지면 와르르 무너질 전력이다.

무영은 서한이 쉽게 죽지 않기를 바랐다.

죽어서 언데드가 되는 것보다 살아서 빙도깨비와 불도깨비의 균형을 맞추는 게 더욱 낫다고 판단했기 때문이다.

"끄응."

무영의 협박에 서한이 힘들게 일어섰다.

빙도깨비에게 있어서 서한은 단순한 수장이 아니라 정신적 지주와 같았다.

서한이 쓰러지면 빙도깨비는 순식간에 전멸할 것이다.

그래서 무영은 서한을 채찍질하며 더욱 몰아붙였다. 덕분에 오우거 사냥을 안정적으로 마칠 수 있었다.

〈서른 번째 물결이 시작되었습니다.〉

〈용아병 10기〉

한참 뒤 나타난 물결을 보고 무영을 눈살을 찌푸릴 수밖에 없었다.

용아병. 말 그대로 용의 뼈로 만든 병사다. 엄밀히 따지자면 언데드 계열 중 하나이나 그중에서도 특히 만들기 까다로운 종류였다.

지능이 높은 소수의 용이 둥지의 호위를 위해 만들었다는 이야기가 있을 정도로 강력하기 짝이 없었다. 어지간한 물리적인 타격, 마법을 모두 무효화시켜서 더욱 그렇다.

키륵. 키르륵.

고작 열 마리밖에 없지만 일만이 넘는 도깨비를 압도하기엔 충분했다.

용아병이 가장 먼저 노리는 쪽이 파멸할 가능성이 높다.

모두가 그걸 본능적으로 깨달았지만, 가장 먼저 움직인 건 다름 아닌 무영이었다.

'여기가 갈림길이다.'

이곳에서 승부가 갈린다.

그 생각이 든 순간 반사적으로 몸이 움직인 것이다.

스아아아!

무영의 근처로 망령들이 날았다. 무영은 그중 하나를 손에 쥐었다.

〈오우거의 혼이 잠시 빙의했습니다.〉

〈10분간 힘이 30 상승합니다.〉

10분이면 충분하다.

무영은 용아병 10마리를 혼자 상대하겠다는 그런 바보 같은 생각은 하지 않았다.

만용을 넘어 미련한 짓.

다만, 아무런 계획 없이 나서진 않았다.

무영은 용아병을 막아서며 놈들의 움직이는 방향을 미묘하게 바꾸려고 하였다.

"이익! 뼛조각 따위가!"

바로 불도깨비 쪽으로 말이다.

무영의 움직임은 물의 흐름과 같이 자연스러워서 고의성을 느낄 수 없었다.

용아병의 출현에 모두가 혼비백산하기도 했고 일부러 유도했다고는 생각도 못 한 채 불도깨비의 수장 아르오가 움직이기 시작했다.

하지만 아르오마저 1:1로는 용아병을 상대하진 못한다. 무한한 체력으로 버티고 있을 따름이었다.

'과연 언제까지 버틸 수 있을까?'

무영은 용아병이 불도깨비를 학살하는 장면을 바라보며 헤들리의 소 용의자로 선정한 두 명에게 집중했다.

둘 중 하나가 헤들리의 소라면 지금의 상황을 가만히 지켜볼 순 없다. 이대로는 불도깨비의 파멸이 너무나도 당연시되는 상황이다.

그렇다고 다른 도깨비도 마냥 좋은 상황은 아니었지만 가장 큰 타격을 받는 게 불도깨비라는 뜻이다.

헤들리의 소로선 방관하기 어려울 것이었다.

홈의 시련에서 승리하려는 게 헤들리의 소가 가진 목적이었다. 그것만큼은 확실하다.

승리에 가장 가까운 게 불도깨비라는 걸 깨닫고 그쪽에 붙은 게 분명했다.

무언가 반응을 보일 터.

그리고…… 무영의 예상은 빗나가지 않았다.

휘아아앙!

용의자 둘 중 하나의 움직임이 달라졌다. 자리에 멈춰서더니 근육의 밀도가 변형되기 시작했다.

이윽고 모습이 변하며 두억시니와 같은 변형을 일으켰다.

다른 도깨비들은 싸우는 와중 진화했다고 생각할지 모르지만 무영은 확신했다.

진화 따위가 아니다. 그런 고상한 것과는 거리가 멀었다.

'찾았다.'

무영의 입가가 일그러졌다.

위험을 타개하고자 두억시니로 변한 것이겠지만 그게 결

정적인 증거가 되었다.

저놈이다.

모습을 자유자재로 바꿀 수 있는 요정.

헤들리의 소!

드디어 찾았다.

'놈이 노리는 게 무엇인가.'

하지만 당장에 노리진 않는다.

아직까지 헤들리의 소가 무영을 의심하는 기색은 없었다.

그렇기에 무영은 헤들리의 소가 진정으로 노리는 게 무엇인지 알고 싶어졌다.

놈이 얻고자 하는 걸 얻으려는 순간, 그때가 기회다.

누구라도 목적을 이루기 직전에는 방심할 수밖에 없었으므로.

확정했다는 것에 만족했다.

"두억시니가……!"

"움과 훔께서 우리 불도깨비를 보우하신다!"

반면에 모든 도깨비에겐 일단의 사건과 같았다.

진화란, 벽을 넘기란 그만큼 어려운 것이다.

불가능의 가능성을 뚫어야만 탈피가 가능했다.

하물며 불도깨비 중 하나가 진화했으니 더욱 호들갑을 떨 만도 했다.

반대로 불도깨비의 유일한 두억시니였던 아르오의 표정이

굳었다.

자신의 영역을 침범당할 수도 있다고 여긴 걸까?

빙도깨비의 사기는 낮아졌고 불도깨비의 사기는 순식간에 정점을 찍었다.

용아병에게 무차별하게 학살당하는 걸 벗어나 반격이 시작되었다.

'용의 뼈.'

그러나 헤들리의 소를 확정한 무영은 금세 용아병 쪽으로 시선을 옮겼다.

용아병을 만들 때 필요한 것.

바로 용의 뼈다.

전신이 용의 뼈로 이루어진 용아병은 특급으로 취급되나 그 정도는 아닌 것 같았다.

그래도 함유율이 50%는 될 터.

용의 뼈는 상당히 구하기 힘든 재료 중에 하나였다.

'장비를 만드는 데 토대가 되어주겠지.'

무영은 일전 난투에서 승리하며 대지룡의 가죽 조각을 얻은 바가 있었다.

거기에 용의 뼈와 불사조의 심장 등을 더한다면 생각 이상으로 괜찮은 장비를 만들 수 있을 것이다.

무영의 눈이 빛났다.

용의 뼈로 무구의 토대를 쌓는다면······.

어차피 용아병은 언데드와 비슷한 상태여서 죽음의 예술 스킬도 먹히지 않는다.

그렇다면 반대로 용아병 자체를 회수하면 되는 것이다.

불도깨비가 각성하며 용아병 사냥에 주력할 때, 무영은 돕는 척하며 열심히 용아병의 시체를 수집했다.

〈서른두 번째 시련이 시작되었습니다.〉
〈저주받은 설인 15마리〉

설원에서 사는 거인을 보통 설인이라고 부른다.

하지만 저주받은 설인은 그보다 훨씬 강화된 형태다. 어떠한 저주와 신성 주문에도 거의 면역되어 있다.

아니, 서른 번째 물결 이후로 죽음의 예술 스킬을 사용할 수 있는 괴물은 나오지 않았다.

"무영, 이대로 불도깨비에게 기선을 뺏길 순 없다."

서한은 짐짓 심각한 표정을 지으며 무영에게 다가왔다.

여태껏 '공동'이란 이름하에 협력을 추구하고 있었지만 서한은 무영이 본심을 드러내지 않았다는 걸 눈치챘다.

하여 처음으로 그가 도움을 청한 것이다.

"이미 차례는 불도깨비 쪽으로 넘어간 것 같은데?"

"그러니까 더욱 분발할 필요가 있다. 그리고 새로 나타난 두억시니…… 왠지 불안하다."

무영은 내심 놀랐다.

모든 도깨비가 환호하는 줄 알았는데 서한은 이상을 느낀 모양이었다.

이게 진정한 진화라면 전장에서 피어난 기적과 같지만 그게 아니었다.

헤들리의 소는 단지 본심을 숨긴 채 변했을 뿐이었다.

고개를 주억이며 무영이 말했다.

"분발이라. 한번 해보지."

하여튼 더 많은 물결을 깨면 그만한 보상을 얻는다. 높은 레벨로 올라가도 손해날 건 없다.

이미 수천의 망령과 천에 가까운 언데드를 만들며 힘은 충분히 비축해놓았다.

그때, 바로 뒤에서 누군가가 다가왔다.

기척을 느끼고 몸을 돌리자 가온이 어정쩡한 자세로 서 있었다.

"미안하다. 내가 주제도 모르고……."

가온이었다.

얼리는 땅 부족을 다스리는 왕. 그는 진심을 담아서 미안함을 피력했다.

그럴 수밖에 없다.

제발 싸우라고, 약한 제사장 계열의 도깨비라도 싸우는 흉내라도 내라고 무영을 보챈 게 가온이다.

한데…… 오우거의 출현 이후 이런 인식은 깡그리 깨졌다.

서한과 어깨를 나란히하며 전투를 벌이다니!

충격이 해일처럼 밀려왔다. 비단 가온만 그리 느낀 게 아니었다. 겁쟁이라며 비웃은 도깨비도 마찬가지였다.

강자를 못 알아보고 가치를 내리기 바빴다.

창피함에 얼굴이 달아올랐다.

그리고 불도깨비 쪽에선 새로운 두억시니가 나타났다.

빙도깨비 중 그나마 어찌해 볼 수 있는 자는 무영밖에 안 남았다.

서한의 체력은 누가 봐도 한계에 달하고 있었다.

겁쟁이가 최대의 기대주로 급부상한 것이다.

"개의치 않는다."

오히려 무영으로선 자신을 무시해 줘서 다행이었다.

덕분에 쉬이 망령과 언데드를 모을 수 있었다.

무영은 법보 한 장을 꺼냈다. 법보를 털자 붉은 투구와 망토가 나왔다.

미치광이 군주 세트!

여태껏 도깨비 흉내를 내느라 입지 않았다.

그러나 도깨비라고 무장을 아예 안 하는 것도 아니고, 망령을 보여도 크게 의심하지 않았으니 착용해도 상관은 없으리라 보았다.

이제부턴 적당히 시선을 끌어도 괜찮았다.

반면에 서한은 눈살을 구겼다.

"마치 불도깨비 같구나."

"걱정 마라. 저쪽에 붙을 일은 없을 테니."

헤들리의 소가 진짜 목적을 드러내기 전까진 불도깨비 쪽으론 발도 들일 생각이 없었다.

무영은 한 발자국 내디디며 서한을 향해 말했다.

"가지."

진심으로 싸웠다. 균형을 맞추며 헤들리의 소가 더욱 무리하도록 만들었다.

"붉은 악귀가 따로 없군."

"누구지?"

"그 있잖아. 혼자 안 싸우고 합장하던 녀석."

"허! 일부러 힘을 아꼈던 건가?"

몇몇 시선이 무영에게 쏠렸다. 그만큼 무영의 싸우는 모습은 압도적이었다. 누구보다 빠르게 움직이고 누구보다 '싸움' 자체에 도가 텄다.

그렇다. 전투 횟수로만 따지면 마계를 통틀어 무영을 따라올 자는 거의 없었다.

부족한 능력치를 오로지 경험으로 때우고 있는 것이다.

'아수라도의 지배력이 올라간 영향이군.'

무영은 조금씩 커져 가는 광기를 느꼈다. 자기 절제가 철저한 무영조차 영향을 받을 정도다.

다른 사람이었다면 진즉에 광기에 삼켜졌으리라.

〈서른세 번째 물결이 시작되었습니다.〉

〈특이점이 발생했습니다.〉

〈그림자 죄인 1기〉

마지막 저주받은 설인을 쓰러뜨리자 위와 같은 문구가 떠올랐다.

철그럭. 철그럭.

거대한 철구가 발을 묶은, 그림자로 이루어진 괴물이 땅속에서 나타났다.

그 모습을 본 도깨비들은 보다 암울한 표정을 지을 수밖에 없다.

"지저의 괴물까지 나타나다나니……."

"흄의 시련은 너무나 잔인하구나."

3만이 넘는 도깨비가 들어왔으나 지금은 오천 안팎만 남았다.

그리고 이번 시련이 마지막임을 모두가 깨달았다.

가장 우세한 건 여전히 불도깨비였지만 만약 여기서 전멸한다면 모두의 패배와 진배없다.

콰아아아앙!

그림자 죄인의 발을 묶은 철구가 거대해지며 주변을 휩쓸었다.

철구는 닿는 모든 걸 파괴시켰다.

도깨비도 두억시니도 다가갈 엄두를 내지 못했다. 시체를 방패 삼아서 움직이는 게 최선이었다.

순식간에 천에 달하는 도깨비가 '증발'하였다.

'어찌할 테냐.'

무영은 그 와중에도 헤들리의 소를 바라보고 있었다.

그림자 괴물은 상급에서도 정점에 달한 존재로 어지간한 최상급 괴물과도 비견되는 놈이다.

이곳에 모인 모두가 달려들어도 어찌하지 못한다.

무영이 모든 언데드를 동원해도 마찬가지다.

즉, 여기까지가 한계였다.

헤들리의 소도 그것을 느꼈는지 태도에 변화를 보였다.

두억시니 아르오와 상의하더니 서한을 비롯한 빙도깨비를 바라봤다.

"무영, 준비해라. 전쟁이 시작된다. 불도깨비 놈들이 마음을 바꿨다."

그것을 본 서한이 이를 갈았다.

결국은 전쟁이었다. 서로가 공정한 대결을 펼치자고 약속했건만 아르오가 그것을 깼다.

그림자 죄인을 이길 수 없다고 생각하고 그 먹이로 빙도깨비들을 던져 줄 작정.

하지만 가만히 당해줄 서한이 아니다.

"빙도깨비들이여! 무기를 들라!"

전쟁의 시작이었다.

양측 모두 필사적이었다.

생존을 위해 물러설 수 없는 싸움을 벌였다.

그리고 무영은 천천히 숨겨놓았던 법보들을 꺼냈다.

'일어나라.'

천에 달하는 언데드가 느닷없이 샘솟았다.

슥. 스으윽.

도깨비, 오크 로드, 오우거까지 포함되어 있었다.

죽은 자의 작은 군단이었다.

빠르게 만드느라 전체 능력치는 크게 하락한 상태였지만 압박을 주기엔 충분했다.

"시, 시체가 일어났다!"

"저건 또 뭐야!"

도깨비들이 당황하고 있을 때 무영은 오로지 헤들리의 소만 바라봤다.

'놈을 노려라.'

헤들리의 소를 지키는 불도깨비의 숫자는 크게 감소한 상태다. 무한의 전장을 빠져나가지 않은 지금이 놈을 잡을 최고의 기회다.

그리고 모든 언데드가 자신을 노리는 걸 깨달은 헤들리의 소가 이를 악물었다.

이내 헤들리의 소는 자신의 모습을 변화시켰다.

'와이번?'

무영은 피식 웃었다.

하늘의 왕이라 불리는 와이번.

공중에서 최대한 시간을 끌어보려는 작정이다.

나쁘지 않은 선택이지만 무영에겐 수천의 망령이 있었다.

수천의 망령이 무영의 몸에서 튀어나왔다.

─저 와이번을 죽이면 되느냐?

당연히 멀록왕 멀더던도 포함되어 있었다.

무영은 고개를 저었다.

"포박해라. 놈을 날지 못하게 해."

─알겠다.

멀더던이 지휘하자 망령들이 일사불란하게 와이번의 양

날개를 점거했다.

포이즌 쉐도우가 독으로 중독시키고 나머지 망령들이 짓누르자 땅을 길수밖에 없었다.

다시 오우거로 변해 저항을 시도했으나 통하지 않기는 매한가지였다.

쫘아아아악.

그리고 한참을 기대했던 순간이 왔다.

오우거의 몸통이 갈라지며 그 안에서 거대한 불의 새가 튀어나왔다.

끼아아악!

"불사조……!"

"대체 뭐가 어떻게 되는 거야!"

불사조는 나온 즉시 주변 모든 걸 태웠다.

망령들도 불사조의 불꽃은 쉽게 버티지 못한다.

하지만 바로 떨어지진 않았다. 날지 못하게 막고 있었다.

그 틈에, 무영은 모든 언데드에게 불사조를 덮칠 것을 명했다.

'거의 다 왔다.'

불사조는 최상급 괴물. 그중에서도 '신기루'라 불릴 정도로 희귀한 괴물이다. 정상적인 대결로는 절대로 잡지 못한다.

하지만 헤들리의 소에게 있어서 불사조는 최후의 수단이었다. 지금까지 싸우며 놈은 지쳤고 오로지 도망가는 데에만 몰두하고 있었다.

조금만. 조금만 더 하면 목적을 이룰 수 있다.

그나마 화염 저항력이 높은 화염의 창병이 창을 들고 불사조의 목을 찌르고자 다가갔다.

그 순간이었다.

화르르르륵!

불사조의 입에서 거친 화염이 쏟아졌다.

브레스!

모든 걸 태우는 신성한 불꽃.

설마 불사조가 브레스까지 사용할 수 있을 줄은 몰랐다. 신기루의 괴물이니 그에 대한 정보가 아예 없었던 탓이다.

무영이 눈살을 찌푸렸다.

망령과 주변 괴물 모두가 타버렸고 불사조가 이내 다시 날개를 펄럭였다.

무영은 내달렸다. 놈의 등 위에 올라타 비탄을 들었다.

위험천만하기 짝이 없는 행동.

푹!

비탄을 등에 꽂자 불사조가 엄청난 속도로 날기 시작했다.

무영조차 중심을 잡는 게 고작.

어떻게든 매달렸다.

그러는 사이 지상에선 도깨비의 숫자가 빠르게 줄어가고 있었다.

〈32번째 물결까지 막아냈습니다.〉

〈히스토리에 '무한의 전장-32단계'가 추가됐습니다.〉

〈훔의 시련을 완료했습니다.〉

〈'움의 증표' 반쪽이 수여됩니다.〉

〈이면의 주인들이 심사를 시작합니다.〉

〈만장일치로 가결. 아직 모든 시련이 끝나지 않았습니다.〉

〈시련의 해결 정도에 따라 더욱 큰 보상이 주어집니다.〉

움의 증표.

빛나는 구슬이 하늘에서 천천히 내려왔다.

불사조가 빠르게 날아가 그것을 낚아챘다.

처음부터 이 증표가 헤들리의 소의 목적이었던 것이다.

좌차차창!

동시에 세계가 깨졌다. 순식간에 주변 환경이 변했다. 다시금 영의 산맥으로 돌아왔다.

'젠장.'

무영은 이를 악물었다. 불사조의 몸에 달라붙는 데에는 성공했지만 이다음이 문제다.

등에서 느껴지는 불꽃은 뜨거웠다.

피부가 조금씩 녹아내렸다. 뼈가 드러나며 정신이 아득해졌다.

충분히 불사조로 변한 헤들리의 소를 잡을 수 있을 줄 알았다.

그게 만용이었던가?

이만한 준비로도 부족했단 말인가!

쿠릉! 쿠르르릉!

무영이 통탄할 그때, 하늘이 급격히 어두워졌다.

하늘에서 검은 천둥 번개가 수없이 몰아쳤다.

비바람이 불어 불사조의 불을 식혔다.

의아한 현상에 고개를 돌리자 어느새 뿔 달린 검은말 한 마리가 유유자적 불사조와 나란히 달리고 있었다.

그 모습은 마치 산책이라도 나온 것처럼 여유롭기 짝이 없었다.

〈지옥마가 한 번의 부탁을 사용하면 도망가는 불사조를 잡아 주겠다고 '제안'합니다.〉

〈받아들이시겠습니까?〉

여태껏 무슨 일이 있어도 보이지 않던 지옥마가 거짓말처럼 나타난 것이다.

하는 수 없이 무영 혼자서 헤들리의 소를 잡아보겠단 계획마저 세우지 않았던가.

지옥마도 나름 억울한 입장이긴 했지만 그보다 지금이야말로 세 번의 부탁 중 하나를 사용하게 만들 절호의 기회였다.

무영도 더는 고민할 수가 없었다.

"이놈을 죽여라."

하지만 확실하게 말했다.

'잡는 것'과 '죽이는 것'의 차이는 상당히 컸으므로!

지옥마가 콧김을 내뱉었다.

히이이잉!

그리곤 거칠게 투레질을 했다.

자신을 믿으라는 듯이 뿔을 좌우로 흔들며 자신감을 과시했다.

무영은 헤들리의 소에게 꽂힌 비탄을 뽑았다. 그리고 천천히 뛰어내렸다.

이내 수천의 망령이 무영의 아래에 구름처럼 생겨나며 천천히 속도를 줄였다.

무영은 바닥에 착지한 뒤 하늘을 올려다보았다.

'반드시 성공해야 한다.'

이를 악물었다.

여기서 실패하면 계획을 상당 부분 수정해야만 한다.

하지만 지옥마는 여전히 소풍이라도 나온 것처럼 여유로웠다.

천천히 헤들리의 소 옆으로 붙어서 약 올리는 듯이 주변을 한 바퀴 돌았다. 헤들리의 소는 날아가는 방향을 바꿀 수밖에 없었다.

꽝!

지옥마의 뿔에 검은 번개가 내리쳤다.

뿔이 빛나기 시작하자 그 주변으로 검은색 장막이 생겼다.

장막에 갇힌 헤들리의 소…… 불사조는 쉽사리 날개를 펄럭일 수조차 없었다.

마치 중력이 강화된 듯 속도가 느려지고 계속해서 밑으로 떨어졌다.

히이이잉~!

동시에 지옥마의 뿔 바로 위로 엄청난 마력이 집약되기 시작했다.

검은색의 구가 생겨났고 그 위로 천둥 번개가 끊임없이 내리쳤다.

지직. 지지지직!

그 거대한 힘의 집약은 보는 이로 하여금 전율을 일으키기에 충분했다.

지옥마가 다시 뿔을 흔들자 직경 1m가량으로 커진 구가 헤들리의 소를 향해 빠르게 날아갔다.

콰아아아아아앙!

공중에서 엄청난 굉음과 함께 '어둠'이 헤들리의 소를 삼켰다.

닿는 즉시 구의 어둠이 주변 수백 미터에 영향을 끼쳤다.

무영은 손을 들어 얼굴을 보호했다. 폭발의 여파로 일어난 바람은 주변 나무들마저 쓸고 지나갔다.

하지만 불사조가 있는 방향을 주시하는 건 멈추지 않았다.

이윽고 지상으로 천천히 낙하했다.

이만한 폭발에서조차 몸을 지켜낼 만큼 불사조의 내구는 말도 안 되는 것이었다.

하지만 전신의 불꽃이 굉장히 약해져 있었다. 육신을 지키며 많은 힘을 사용한 탓이다.

히이잉?

지옥마도 상당히 놀란 듯했다.

설마 자신의 공격에서 목숨을 부지할 줄은 몰랐다는 눈초리였다.

하나 더 이상의 공격은 하지 않았다.

대신 지옥마가 무영을 바라봤다.

〈자신이 죽일 수도 있지만 죽이게 해준다고 지옥마가 크게 선심을 씁니다.〉

〈그렇다고 부탁의 사용에 대해 다른 말을 하면 똑같은 통구이로 만들어주겠다며 강하게 선언합니다.〉

'서비스라는 거냐?'

무영은 피식 웃고 말았다.

마지막 숨통은 네가 끊게 해주마. 대신 다른 말 하지 마라.

이런 뜻이 지옥마의 눈에 함축되어 있었다.

그리고 무영으로서도 직접 불사조의 숨통을 끊는 게 이득이긴 하였다.

본래는 지옥마가 죽이라고 했지만 업적과 보상을 생각하면 이게 더 효율이 좋다.

무영은 비탄을 꽉 움켜쥔 채 움직였다.

불사조가 떨어진 곳으로 다가가 잠시 놈을 관찰했다.

거대하기 짝이 없는 새가 헐떡이며 바닥에 늘어져 있었다.

끼에에엑.

불쌍하게 울며 동정을 바라고 있었으나 무영의 표정은 한결 같았다.

스릉.

비탄을 들어 정확히 불사조의 목에 겨눴다.

"끝이다."

촤아악!

한 아름만 한 목이 그대로 절단됐다.

그러자 전신을 수놓은 불이 꺼졌다. 더 이상의 생기는 느껴지지 않았다.

무영은 불사조의 배를 갈라 불꽃으로 뒤덮인 심장을 꺼냈다.

'불사조의 심장.'

이내 '하늘의 눈' 스킬이 발동하며 그에 대한 상세 정보를 알려주었다.

　불사조의 심장 : 신기루라 일컬어지는 괴물, 불사조의 무한 동력이 되어주는 심장이다. 그 심장은 신성한 불꽃으로 뒤덮여 있으며 어떠한 이물(異物)의 침입도 허용하지 않는다고 전해진다. 재료의 희귀성과 질은 감히 최상위에 위치한다고 할 수 있으며 불사조의 심장으로 만들어지는 무구는 하나같이 '명장'의 반열에 들기에 부족함이 없었다고 한다.
　* 섭취할 시 지능과 지혜 대폭 상승.
　* 불에 대한 저항 대폭 증가.

　'대폭'이란 말이 붙는다면 기본 10~20을 상정하는 것이다. 섭취하는 방법도 있었지만 무영은 내심 고개를 저었다. 애당초 불사조의 심장으로는 장비를 만들 계획이었다.
　무영은 심장을 무한의 주머니 안에 집어넣었다.
　심장을 잃은 불사조의 신체는 별반 쓸데가 없었다. 모든 힘이 이 심장으로부터 나오기 때문이다. 실제로 심장을 잃자마자 불사조의 신체가 쭈글쭈글하게 쪼그라들었다.
　히이이이잉!
　지옥마가 옆으로 내려왔다.
　늠름하게 몸을 세우며 엄숙한 자세로 불사조의 주변을 돌았다.

그 모습은 보고 무영은 혀를 찼다.

'칭찬해 달라는 거로군.'

의도가 뻔했다. 자신의 활약을 보고 어서 칭찬을 내뱉으라는 몸짓이었다.

확실히 지옥마의 활약은 무영의 상상을 초월했다.

순식간에 불사조를 압도해 버리는 힘이라니.

이면의 주인이 자신의 애마라고 자랑할 만도 하였다.

"고맙다. 대단하더군."

지옥마가 더욱 얼굴을 빳빳하게 세웠다.

참으로 알기 쉬운 녀석이라 아니할 수 없다.

계획 자체는 끝났지만 모든 게 끝나지는 않았다.

'홈의 시련. 움의 증표.'

불사조의 입안에서 반쪽짜리 구슬을 꺼냈다.

반쪽짜리…….

홈의 시련은 두 개였다.

나머지 반쪽은 다른 시련을 통과한 도깨비가 가지게 되었을 것이다.

그리고 그들의 시련이 진즉에 끝났음을 공중에서 잠시 확인한 바가 있었다.

무영은 크게 숨을 들이마시며 다시 발걸음을 돌렸다.

그 옆으로 지옥마가 나란히 섰다.

계속해서 자신의 위엄을 보고 경탄이라도 하라는 듯이.

도깨비들이 술렁댔다.

두 개가 배치된 홈의 시련.

그중 무한의 전장을 겪은 3만의 도깨비 중 300이 조금 넘는 숫자만 살아서 나올 수 있었다.

반면 다른 시련의 경우엔 2만이 넘는 도깨비가 생존한 상태였다.

대신 그들은 하나로 똘똘 뭉쳐 있었다. 분열되고 전쟁을 벌였던 빙도깨비, 불도깨비와는 전혀 달랐다.

"증표 반쪽은 어디 있느냐."

서한은 눈썹을 찌푸렸다.

불도깨비 아르오를 죽이는 데에는 성공했지만 시련을 나서자마자 이번엔 황도깨비가 말썽이었다.

땅의 기력을 양분 삼아 그 힘을 발휘하는 게 황도깨비였는데 나머지 시련에서 최종 승자가 된 모양이었다.

하지만 이쪽에서 살아남은 숫자는 고작 삼백.

반면 황도깨비의 지도자는 2만을 이끌고 있었다.

'싸워봤자 희망이 없으니 얌전히 내놔라.'

그런 의미가 다분했다.

승부는 명명백백.

하지만 서한에겐 증표가 없다.

"저기 있다."

서한이 손을 들어 하늘을 가리켰다.

끼아아아악!

불사조가 비명을 내질렀다.

쾅! 콰르르릉!

천둥 번개가 내리치며 지옥마가 그 옆을 달리고 있었다.

그 모습은 창세의 대결을 보는 듯했다. 비록 일방적이었지만 압도적이다. 불타르조차 저만한 화력을 내지는 못한다.

그나마 가능하다면 용족. 그래, 용족뿐이다.

하지만 천하의 마계라도 용은 그 숫자가 매우 적다.

"불사조가 왜 우리의 시련에 들어가 있던 것이냐?"

"모르겠다. 놈은 원래 불사조가 아니었다. 어느 순간 불사조로 변한 것이지."

"그건 또 무슨 망발이냐?"

"모두 사실이다."

서한은 짜증을 냈다. 본인조차도 지금 상황이 어떻게 돌아가는 건지 알 수가 없었다.

확실한 건 불사조가 증표를 갖고 튀었으며 무영이 그 뒤를 쫓았다는 것뿐이었다.

'무영.'

그래. 무영도 베일에 싸여 있긴 마찬가지였다.

놈은 정말 빙도깨비가 맞는 걸까?

꽈아아앙!

이윽고 공중에서 거대한 폭발이 일어났다.

대지가 크게 일렁거렸다.

"이런 마력이라니."

"지금이라도 불사조를 쫓아야 하는 거 아니야?"

"불사조랑 용에 버금가는 괴물이야. 저 둘을 막고 증표를 찾아오는 게 가능하긴 한 건가?"

도깨비들은 극심한 혼란에 휩싸였다.

도깨비의 시련에 다른 누가 난입하는 건 예정에 없었다.

그렇게 한참이 지나자 멀리서 누군가 다가왔다.

그는 다가온 즉시 서한을 지나쳐 나머지 무리를 향해 말했다.

"증표 반쪽은 어디 있느냐."

이때만큼은 서한도 통쾌한 기분을 맛보았다. 황도깨비의 지배자에게서 받은 말을 그대로 돌려준 덕이다.

그는 반쪽 구슬을 가지고 있었다.

"움의 증표!"

"네가 갖고 있군."

남자, 무영은 무심하게 황도깨비의 지배자를 바라보며 입을 열었다.

오만한 일이다.

하지만 누구도 반응할 수 없었다.

뚜벅. 뚜벅.

유독 발걸음 소리가 크게 들렸다.

이내 무영의 옆으로 다가온 그것은 모두가 알고 있는 괴물이었다.

지옥마!

여전히 목을 빳빳하게 세운 채로 무영의 옆으로 다가왔다.

'설마 저 괴물을 길들인 게?'

서한의 머릿속에 경종이 울렸다.

지옥마는 용과 비슷한 정도로 강력하다. 그리고 보통의 용은 고고하고 자존심이 강해 어지간하면 홀로 생활한다. 마왕이나 마신들도 쉽사리 길들이지 못할 수준이다.

그런데 용과 비견되는 괴물을 길들였다고?

놀란 건 비단 서한뿐이 아니다.

서한은 무영에 대해 조금이라도 알아서 이 정도지 다른 도깨비는 훨씬 커다란 충격을 받았을 터.

그 예상은 적중했다.

"내놔라."

"……."

무영은 얌전히 손을 뻗었다.

여차하면 지옥마에게 한 번 더 부탁하는 한이 있더라도 저 증표를 거머쥘 셈이었다.

황도깨비의 지배자는 표정을 잔뜩 굳히다가 현실을 자각하고 천천히 구슬을 내밀었다.

방금 전 지옥마가 날뛰는 걸 보지 않았더라면 용감하게 싸울 수라도 있겠으나 이미 모두가 압도된 상태였다.

최상위의 괴물을 괜히 최상위라 부르는 게 아니다.

마계에선 절대적 강자가 다수를 이긴다. 최상위의 괴물은 숫자가 매우 적지만 경천동지할 힘을 가지고 있다. 상급과 최상급의 간격은 상상을 초월한다. 그나마 남은 2만의 도깨비라도 지키려면 다른 방법이 없다.

무영은 건네받은 즉시 반으로 쪼개진 구슬 두 개를 합쳤다.

휘이이잉!

하나로 합쳐진 구슬이 빛을 내뿜었다.

빛은 오로지 무영을 비추며 천천히 흡수되었다.

〈모든 도깨비의 진정한 지배자가 될 자격을 손에 넣었습니다.〉

〈연달아 세 개의 시련을 완료했습니다.〉

〈무한의 전장, 움의 재림, 불사조 퇴치. 이 세 개의 시련을 종합한 결과 '불가능' 판정이 내려집니다.〉

〈이면의 주인들이 심사를 시작합니다.〉

-대단하군. 우리의 예상을 뛰어넘었어.

-지옥마를 이용하긴 했지만. 그것도 그의 힘이지.

―불가능 업적에 대한 보상을 선택해야 한다.

―흥, 내가 점찍은 놈이다. 우리의 비원을 이루기에 적합해. 어중간한 보상을 내리면 용서 못 한다.

―비원이라. 나는 아직 믿을 수 없다. 이 정도의 능력을 지닌 자는 많았다.

―무엇을 줄까?

―누가 나설 테냐?

―내가 나서지. 내 유지를 잇게 할 자격은 충분한 것 같군.

―킹슬레이어? 그대는 이미 한 번 나서지 않았던가.

―무엇보다 그는 이미 한 개의 클래스를 가지지 않았나?

―그의 혼엔 자리가 많이 남았다. 두세 개는 더 들어갈 수 있을 듯한데.

―만약 그를 키우겠다면 조합도 잘 생각해야 한다. 데스로드로도 모자라 킹슬레이어라……. 둘 다 난이도가 너무 높아. 궁극을 이루려면 갈 길이 한참 멀다.

―나는 다르게 생각한다. 거저 얻는 힘에 취한 자들의 말로는 뻔해. 우리에겐 쉬지 않고 오래 달릴 수 있는 자가 필요하다.

그 부분에 있어선 모두가 동의했다.

어렵고 힘든 길을 걸으면 그만한 체력과 경험이 붙게 마련.

그리고 그러한 길일 수록 끝에 도달했을 때 얻는 과실이 큰 법이었다.

잠시 후 이면의 주인들은 심사를 끝냈다.

찬성 8, 반대 3.

승인이 완료되자 주변이 완연한 어둠으로 물들었다. 회의가 끝났음을 알리는 것이다.

이제 남은 건 오로지 그의 몫이었다.

〈심사가 끝났습니다.〉

〈불가능한 일을 이뤄낸 자여! 솔로몬의 율법에 따라 특별한 보상이 주어집니다.〉

〈이면의 주인, '킹슬레이어'가 사용자를 선택했습니다.〉

〈받아들이시겠습니까?〉

무영은 눈살을 구겼다.

이면의 주인. 총 11명으로 구성된 율법의 수호자들.

과거 푸른 사원에서 멀린을 만나 그들의 존재를 알게 되었다. 그리고 데스 로드가 무영을 선택했을 때 그의 거대한 존재감을 느끼게 되었다.

그로 말미암아 무영은 네크로맨서의 상위 호환 클래스를 얻었다.

'이번엔 킹슬레이어라…….'

하지만 정작 이름만 알 수 있을 뿐 이게 무엇을 하는 클래스인지 받아들이기 전에는 확인할 방법이 없었다.

당연히 킹슬레이어도 마찬가지였다.

로드 클래스.

이름으로 추정컨대 왕과 관련이 있는 듯했다.

'다른 점이 있긴 있군.'

무영은 작게 웃었다.

데스 로드는 거의 강제적으로 떠안은 클래스다. 왈가왈부할 것도 없이 계승해 버렸다.

반면 킹슬레이어는 무영의 대답을 기다린다. 그는 과거 지옥마를 선물이라며 무영에게 건네기도 했다.

두 이면의 주인이 가진 성격의 차이 때문일까?

'데스 로드를 겪어본 바, 로드 클래스는 정점이다.'

본래의 계획을 수정할 가치가 있었다.

조화를 이루도록 시크릿 클래스를 얻을 작정이었지만 관련된 직업으로써 로드 클래스는 감히 정점이라 할 수 있었다.

데스 로드의 경우 시체술사, 네크로맨서와는 차원이 다른 활용성을 보여줬다.

그렇다면 킹슬레이어도 똑같을 것이다.

'받아들이겠다.'

무영은 결단을 내렸다.

그게 무엇이든 정점이라는 건 굉장한 영향력을 끼치게 되어 있다. 이만하면 충분히 해볼 만한 승부라고 보았다.

이어 눈앞으로 천천히 글귀가 떠올랐다.

〈세상의 모든 왕을 살해한 왕 살해자.〉

〈로드 클래스, '킹슬레이어'를 계승했습니다.〉

그와 동시에 시야가 뒤바뀌며 한 남자의 모습이 비쳤다.

마법사가 득세하고 기사는 죽어버린 마도 시대.

남자는 순수 기사였다.

오로지 자신의 경험을 갈고닦아 검술로만 경지를 이뤘다. 모든 이가 거대한 기갑을 타고 전장에 참여할 때 남자는 검한 자루만 믿고 적의 목을 베었다.

유일 제국의 황궁기사 자리에 오른 마지막 기사.

이능을 다루는 마법사들조차 그의 상대는 되지 못했다.

그는 인간의 한계를 돌파하고 인간이 갖출 수 있는 최강의 무력을 손에 넣었다.

그러자 황제는 그를 위험한 전장으로 몰아넣었다.

—어스번 전투? 황금룡 알렉시아의 퇴치? 그는 전부 혼자서 해냈다.

—인간이 아니지. 인간이 어떻게 그런 일을 혼자서 할 수 있겠어?

사람들은 우스갯소리로 말했다.

그는 인간이 아닐 거라고.

하지만 몇몇 사람에겐 그 말이 농담처럼 들리지 않았다. 오히려 자신의 안위를 위협할 수 있다며 남자를 배척하고 시기했다.

그럼에도 남자는 꿋꿋이 자신의 역할을 수행했으나……

수많은 오해와 질투가 끝내 파국을 만들어냈다.

비단 남자는 황제만의 골칫거리가 아니었다.

세계의 모든 왕이 그의 죽음을 바랐다.

고위 마법사가 모두 모이고 거대 기갑들이 그의 주변을 둘러쌌다.

－황제 폐하! 어째서 이런 일을 벌이시는 겁니까?

－너는 너무 강하다. 위험하지. 순수한 인간의 힘으로 그만한 일을 해내다니. 솔직히 상상도 하지 못했다.

－저의 충성을 정녕 못 믿었단 말씀이십니까?

－진정으로 충성하겠다면 지금 이 자리에서 자결해라.

남자는 오열했다.

몇 번이고 불가능한 전투에 나가서 만신창이가 되어 승리를 거머쥐었다.

모두 황제의 명령 때문이었다.

하지만 이건 아니었다. 그의 악의가, 그들의 검은 감정이 남자를 오염시켰다.

－……좋습니다. 제가 악마가 되길 바란다면 기꺼이 그렇게 해드리지요.

그 이후 남자는 자신의 인간성을 죽였다.

악(惡), 그 자체가 되어 자신을 죽이는 일에 가담한 모든 왕을 살해했다.

이후 배척 없는 세상을 만들고자 하였으나 모든 인간은 의심암귀에 걸렸다. 서로가 서로를 믿지 못해 멸망으로 향했다.

결국 멸망 직전의 세상에서 남자는 홀로 황야를 걸었다.

남자는 지쳤다.

-나는 실패했다.

그러다가 천천히 고개를 들어 무영을 바라봤다.

정확하게 무영이 있는 방향을 향해 말했다.

-그대는 이 힘을 감당할 수 있겠는가? 모든 이가 그대를 배척할 것이다. 모든 이가 그대의 죽음을 바랄 것이다. 그런데도 이겨낼 수 있겠는가?

마지막으로 주먹을 바스라지게 쥐며 말했다.

-그대는, 실패하지 않을 수 있겠는가?

무엇을 실패라고 정의할 것인가.

아마도 이 모든 시련을 받아들일 수 있느냐고 묻는 것일 테다.

무영은 답했다.

"나는 네가 아니다."

하지만 이것만으로는 부족한 듯하여 한마디 더 첨언하였다.

"나는 꺾이지 않는다."

수많은 영웅을 죽였다. 스스로 살림을 불태우고 모든 이의 원망을 받았다.

그럼에도 무영은 꺾이지 않았다. 자신이 한 선택을 후회하지도 않았다. 도리어 웃으며 맞이했다.

반면 킹슬레이어는 너무 올곧았다. 무영과는 완전히 반대에 서 있는 자였다.

–그럼 가져라. 내 비원을 그대에게 맡기겠다.

킹슬레이어가 미소 지었다.

그러자 황혼이 걷히고 세상이 막을 내렸다.

환하기 그지없는 빛이 무영을 집어삼키고 있었다.

무영의 몸이 천천히 공중으로 떠오르더니 이내 모든 빛이 그의 몸 안으로 흡수되었다.

무영은 그제야 눈을 떴다.

"움을 뵙습니다."

"움을 뵙습니다!"

도깨비들이 몸을 숙였다.

움. 도깨비의 진정한 지배자.

그 자격을 갖춘 탓이다.

그러나 모든 도깨비가 당황한 상태였다.

모든 기록에서 두억시니 외에 다른 도깨비가 움이 되었다는 기록은 없었다.

움의 증표 자체가 거부한다고 하였다.

그런데 아무런 거부 없이 도리어 증표가 안달이 난 듯 무영을 인정해 버렸다.

증표가 인정한 이상, 도깨비들은 따를 뿐이었다.

무영은 주변을 둘러봤다.

2만에 이르는 도깨비가 몸을 숙인 채 자신을 받들고 있었다.

'상태창.'

무영은 자신의 변화를 확인하고자 시계를 돌려 상태창을 열었다.

전승 효과 ─〉

움(A+, 힘 10 증가. 도깨비의 지배자)

비탄의 그레모리(A, 모든 능력치+3)

아수라의 사도(A, 망자와 마귀의 힘을 다루는 망혼력 '10' 증가)

영혼 동반자(B+, 언데드와 영혼을 동화할 시 해당 언데드의 능력치 소폭 증가)

멀록의 후예(B+, 멀록의 성장이 빨라진다.)

요정의 축복(B, 요정들이 친근함을 느낀다.)

직업 효과 ─〉

데스 로드(Lord class, 죽음의 지배자)

킹슬레이어(Lord class, 왕 살해자)

능력치 ─〉

힘 140(104+36)

민첩 137(100+37)

체력 124(96+28)

지능 81(59+22)

지혜 77(55+22)

투기 81(63+18)

마법 저항 65(47+18)

망혼력 61(33+28)

특이사항 : 투기에 눈을 떴습니다. 1차 환골탈태(換骨奪胎)를 완료했습니다.

착용&적용 중인 무구 : 비탄(힘+14, 오우거의 잔인함), 미치광이 군주 세트(모든 능력치+15, 체력+10), 그림자 갑옷(하루 세 번 그림자로 이동), 사악한 허리띠(지능지혜+4, 언데드 5%강화), 헤르메스의 장화(민첩+15, 3초간 가속), 해골 장신구(힘민첩+4)

움을 전승했고, 직업이 추가되었다.

그 외에 능력치가 눈에 띄게 늘었다.

'1차 각성의 시기가 멀지 않았군.'

과연 이미 1차 환골탈태를 이룬 무영이 그 과정을 다시 겪게 될지는 의문이었지만 가 보면 알게 될 것이다.

하여간 직업이 추가되었다면 그에 따른 스킬도 있을 터.

무영은 새롭게 나타난 스킬들을 확인했다.

스킬 명칭: 왕 살해자(無)

설명 - 모든 왕을 죽일 권리. 권리를 행할 때마다 강해진다. '왕'이라 칭해지는 자를 죽일수록 합당한 능력치를 얻는다. 종에 구애되지 않는다.

스킬 명칭: 소드마스터(F)

설명 - 검의 길을 걷는 자. 오로지 검을 갈고닦아 모든 것을 초월한 킹슬레이어에게 주어진 유일한 힘.

* 검에 대한 이해도 대폭 증가.
* 검에 숨겨진 이야기를 확인할 수 있음.
* 검의 순수한 성능을 이끌어 낸다.

두 가지가 있었다.

그리고 두 개 모두 사용 스킬이 아닌 자동으로 적용되는 종류의 것이었다.

무영은 흡족하게 고개를 끄덕였다.

'나는 실패하지 않는다.'

그러곤 다시 다짐했다.

킹슬레이어. 그와는 전혀 다른 길을 가겠다고!

"서른두 번째 전장에서 승리한 걸 축하드려요. 우히히."

투웅! 투웅!

느닷없이 폭죽이 터지며 바로 옆에서 작은 요정이 나타났다. 어디서 본 적이 있는 요정이다.

일전 무한의 전장에서 만난 우히였다.

"왜 이곳에 있는 거지?"

"에이~ 쑥스러워서 그렇지요? 다 알아요. 하지만 안 그래도 돼요."

"무슨 말을 하는 건지 모르겠군."

"예? 무한의 전장에서 서른 번째 이상 물결을 깨면 우히를 가지기로 약속했잖아요."

"그런 약속은 한 적 없다."

그런 말은 들은 적이 있긴 하지만 약속은 하지 않았다.

무영이 차갑게 이야기하자 우히가 울상을 지었다.

"흑, 이게 그 말로만 듣던 먹고 버린다는 거로군요. 우히는 버림받은 거예요."

"쓸데없는 소리 하지 마라."

"그럼 우히를 가질 거예요?"

무영은 이맛살을 구겼다.

반대로 그 장면을 바라보는 도깨비들은 눈을 크게 뜰 수밖에 없었다.

"예언이 모두 사실이었단 말인가……!"

작은 소란이 일었다.

홈의 시련. 움의 증표에 대한 예언이 있었다.

제사장들은 천기를 읽고 이곳, 영의 산맥에서 모든 게 이뤄지리라 말했다. 또한 예언 중에는 '요정이 따르는 자. 그가 우리를 낙원으로 인도할 것이다'라는 것도 있었다.

하지만 요정은 보기 힘들다. 요정이 누군가를 따른다는 말도 거의 들어본 적이 없었다.

"조용."

머리가 복잡해졌다.

무영이 짧게 말하자 순식간에 주변이 조용해졌다.

대단한 영향력이라 아니할 수 없고 이윽고 서한이 가장 먼저 나섰다.

"욹이시여, 저희를 낙원으로 이끄소서."

"낙원?"

이건 무슨 황당무계한 소리인가.

하지만 서한은 진지했다.

빙도깨비의 지배자이며 여태껏 무영을 하대하던 그가 처음으로 말을 높인 것이다. 하물며 진심이 담겨 있었다.

"진정한 욹이 나타나면 도깨비는 낙원으로 인도된다고 하였습니다. 저희 도깨비는 모두 분열되어 이 극한의 땅에서 겨우 연명하고 있었지요. 부디 저희를 이끄소서."

도깨비는 결코 강한 괴물이 아니다. 이곳 마신의 영역에서 살아가는 게 거의 불가능할 정도로.

무영은 길게 숨을 토해냈다.

"나를 따르겠다면 따라와라."

2만의 도깨비를 향해 계속해서 말했다.

"하지만 내가 가는 곳이 낙원이라고 장담하진 않겠다. 그곳은 아무것도 없고 모든 게 0에서 시작하는 장소이니."

지금은 고작 100명 남짓의 사람이 있는 장소.

무영은 자신의 영지로 도깨비들을 데려갈 작정이었다.

과연 인간과 도깨비가 잘 어울려 살 수 있을지는 모르겠지만 무영이란 억제력이 존재하는 이상 큰 싸움으로 번지진 않을 터.

무영은 우히를 바라보곤 다시 입을 열었다.

"선택은 알아서 해라."

"갈래요! 갈래요!"

우히가 손을 번쩍 들었다.

일말의 고민도 없는 선택.

그래, 선택이 필요했다. 억지로 끌고 가는 건 반발만 일으키게 마련이었다.

무영은 움직였고…… 곧 무영의 뒤를 따라 2만의 온갖 도깨비가 발을 옮기기 시작했다.

to be continued

내 안에 몬스터 있다

형상준 현대 판타지 장편소설

태양의 흑점 폭발과 함께 새로운 시대가 찾아왔다!

마나와 능력자, 그리고 몬스터가 존재하는 현대.
그리고 그곳을 살아가는 마나석 가공 판매업자 김호철.
평소처럼 마나석을 탄 꿀물을 마시던 그는
번개에 맞고 신비로운 힘을 각성하게 되는데……

'내 안에서 몬스터가…… 나왔다?'

그것도 김호철이 먹은 마나석의 개수만큼 많이.

Wish Books

포텐
POTENTIAL

어떤 사물에는 그것을 오랜 기간 사용한
사람의 잠재된 능력이 고스란히 담긴다.
그리고 난 그것을 사용할 수 있다.

천재 디자이너, 죽은 이도 살리는 명의,
감성을 울리는 피아니스트, 바람기 가득한 첩보원.
그 누구라도 될 수 있다. 단, 애장품만 있다면!

달인의 눈으로 세상을 바라보는,
유쾌한 민호의 더 유쾌한 애장품 여행기!

우지호 장편소설

빅 라이프

돈도 없고 인기도 없는 무명작가 하재건,
필사적으로 글을 써도
절망뿐인 인생에 빛은 보이지 않는데…….

어느 날,
그가 베푼 작은 선의가
누구도 믿지 못할 기적이 되어 찾아왔다!

'글을 쓰겠다고 처음 결심했던 때를
잊지 말게.'

무명작가의 인생 대반전!
지금 시작됩니다.